退思閣詩集

15347

史汝箴《退思閣詩集》扉頁（天津圖書館藏）

退思閣詩集卷上

獻縣史汝箴　右銘甫

古鏡 同治辛未

閱遍人多少眞形欲遁難妍媸總無語還令自家看

自遣

生世須行樂休悲歲月增詩吟杜工部書法趙吳興飲笑醽爲酒談欣帶續燈矜平兼躁釋不逐筆端蠅

對菊 壬申

不逐繁華艷小園獨開霜逕傲常存賞花有癖曾携酒謝客無心亦杜門佳色自堪消白晝淡情相對到黃昏香生晚節眞難匹容

史汝箴《退思閣詩集》正文（天津圖書館藏）

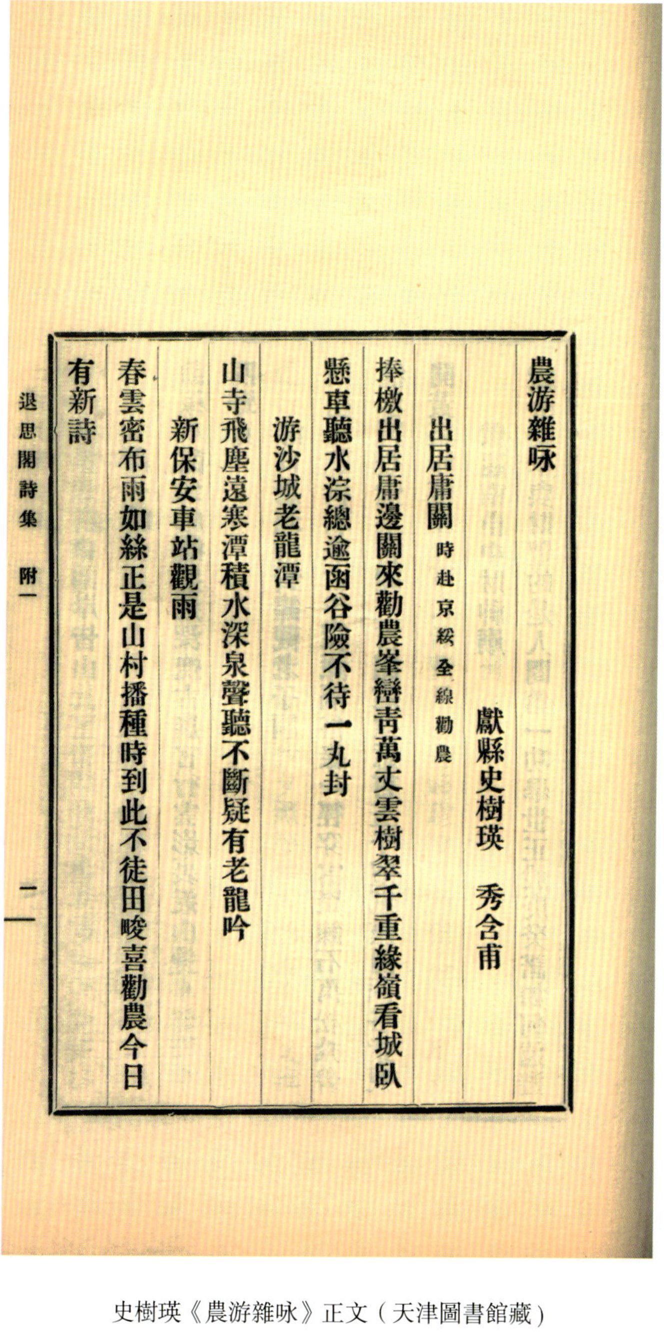
農游雜咏

獻縣史樹瑛　秀含甫

出居庸關　時赴京綏全線勸農

捧檄出居庸邊關來勸農峯巒青萬丈雲樹翠千重綠嶺看城臥
懸車聽水淙總逾函谷險不待一丸封

游沙城老龍潭

山寺飛塵遠寒潭積水深泉聲聽不斷疑有老龍吟

新保安車站觀雨

春雲密布雨如絲正是山村播種時到此不徒田畯喜勸農今日
有新詩

退思閣詩集　附一　二

史樹瑛《農游雜咏》正文（天津圖書館藏）

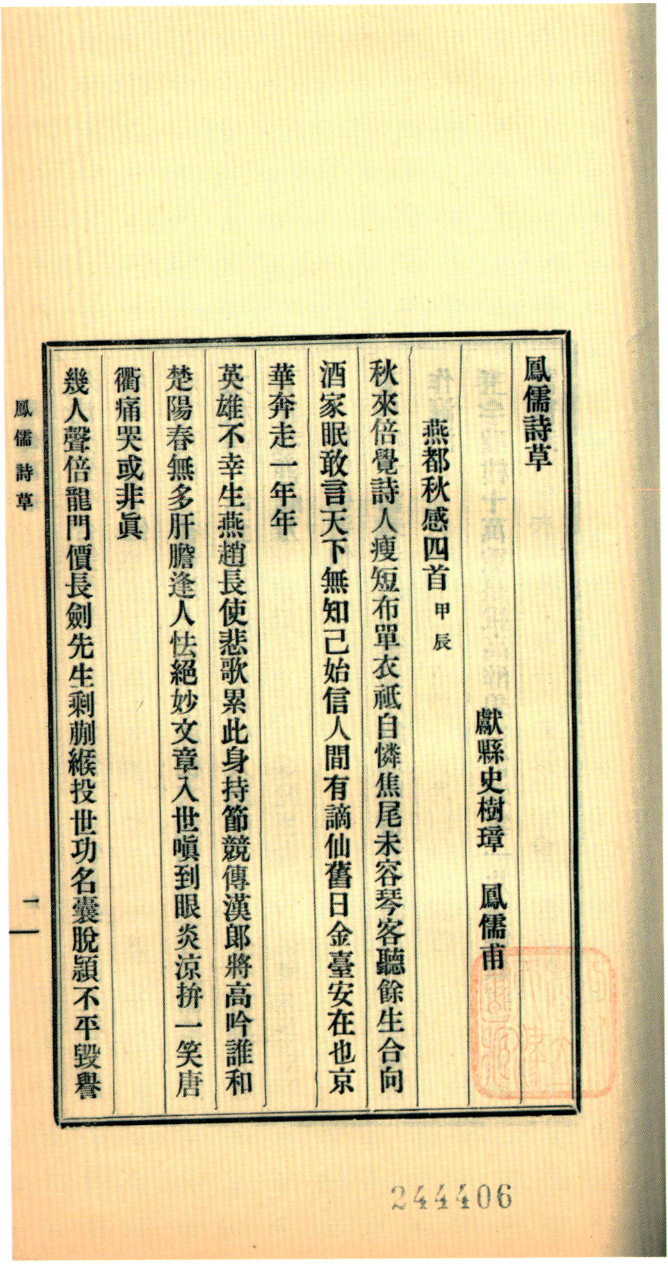
鳳儒詩草

獻縣史樹璋　鳳儒甫

燕都秋感四首　甲辰

秋來倍覺詩人瘦短布單衣祗自憐焦尾未容琴客聽餘生合向酒家眠敢言天下無知己始信人間有謫仙舊日金臺安在也京華奔走一年年

英雄不幸生燕趙長使悲歌累此身持節競傳漢郎將高吟誰和楚陽春無多肝膽逢人怯絕妙文章入世嗔到眼炎涼拚一笑唐衢痛哭或非眞

幾人聲倍龍門價長劍先生剩蒯緱投世功名囊脫潁不平毀譽

史樹璋《鳳儒詩草》正文（天津圖書館藏）

直隸學研究書系・歷代獻縣詩鈔

傅林 于萬復 劉青松 主编

史汝箴 史樹瑛 史樹璋 史光簡 詩集

張紀岩 輯校

河北大學出版社
・保定・

SHI RUZHEN SHI SHUYING SHI SHUZHANG SHI GUANGJIAN SHIJI

史汝箴 史樹瑛 史樹璋 史光簡詩集

出 版 人：耿金龍
選題策劃：楊顥碩
責任編輯：郝 健
裝幀設計：張彥琪
責任校對：杜啓昌
責任印制：靳雲飛

圖書在版編目（CIP）數據

史汝箴、史樹瑛、史樹璋、史光簡詩集 / 張紀岩輯校．-- 保定 ：河北大學出版社，2019.5
（直隸學研究書系 / 傅林，于萬復，劉青松主編．歷代獻縣詩鈔）
ISBN 978-7-5666-1483-4

Ⅰ．①史… Ⅱ．①張… Ⅲ．①古典詩歌－詩集－中國－清后期 Ⅳ．① I222.752

中國版本圖書館 CIP 數據核字 (2019) 第 085485 號

出版發行：河北大學出版社
地址：河北省保定市七一東路 2666 號 郵編：071000
電話：0312-5073033 0312-5073029
郵箱：hbdxcbs818@163.com 網址：www.hbdxcbs.com
經 銷：全國新華書店
印 刷：保定市北方膠印有限公司
幅面尺寸：148 mm × 210 mm
印 張：9.625
插 頁：4
字 數：208 千字
版 次：2019 年 5 月第 1 版
印 次：2019 年 5 月第 1 次印刷
書 號：ISBN 978-7-5666-1483-4
定 價：39.00 元

河北大學國學傳承與發展協同創新中心資助項目

總　序　一

獻縣自古爲畿輔名區，河間獻王收書于前，紀文達公兼綜于後，可謂金聲玉振。在歷史的積澱中，獻縣人文鼎盛，如戈氏、紀氏、劉氏等舊家不僅在當時享名于世，即今亦被目爲“文化世家”①，這些家族涌現出大量的詩人、學者，與畿輔地區的其他詩人互相應和，形成了别具一格的畿輔詩人群。在提倡“京津冀協同發展”的今天，整理畿輔詩人的詩作，進行“直隸學”的研究，具有特殊的歷史内涵。

清代“畿輔詩人盛于河間”②，獻縣詩人則是河間府詩人群的重要組成部分，除了戈濤、紀昀名列“河間七子”外，戈濤與邊連寶被稱爲“瀛州二子”，崔士元與崔旭、梅成棟、董元度并稱“燕齊四家”，劉肇均與張之洞、邊瀹慈有“畿南三才子”之目，這些名號反映了當時獻縣文壇的興盛局面。紀坤、王餘

① 見王崗、鄧瑞全、曹書杰《中國文化世家》，湖北教育出版社，2008 年。

② 陶樑：《国朝畿辅诗传》卷三十八。

佑作爲明代遺民，詩多憂時感事的沉痛之音，尤其是王餘佑，負家國之痛，“不肯以塗朱傅粉，争姸取憐于世人”①，百無聊賴，乃以詩名，故其詩質樸粗豪，頗示所志。乾隆間，獻縣詩壇空前繁榮，著名詩人戈濤、紀昀二人“以燕許手筆，鼓吹休明”②，以大量的詩歌創作與鮮明的文學理念成爲“河間七子”的中堅。其後，劉書年以書生而爲名將，戡夷黔亂，支持殘城，憂患疾苦無不備嘗，故吟咏之中多憂國憂民之聲。布衣詩人崔士元落拓京師，遭遇“三千年未有之大變局”，其詩作中憂時憫世的愛國情懷與對社會的强烈批判形成鮮明的對比，這是其詩作有别于盛世之音的特點。崔士元弟子紀鉅維“宗法盛唐，屏絶浮響”③，爲近代河北詩派重要代表。此外，獻縣詩壇結社之風甚盛，戈涓、紀樹龢、紀煐述等人結“吟秋詩社”，崔士元、劉書年、劉濬源、馬龍驤、紀堪琴、鄭廷雲等結“杏花詩社”，其作品展現了中下層知識分子的情懷與懷才不遇的感慨，是清中晚期畿輔詩壇的重要力量。

在文學資料方面，前人選集對獻縣詩歌收録并不完備，如《國朝畿輔詩傳》對紀樹龢的漏收，時人便有遺珠之憾，後來的《晚晴簃詩話》大約未脱《國朝畿輔詩傳》的窠臼。文學通史于

① 王餘佑：《乾坤大略》自序。

② 范鳴鳳：《愚仙吟草序》，民國十四年（1925 年）《獻縣志》卷十二上《文獻志》。

③ 汪辟疆：《近代詩派與地域》，見《汪辟疆文集》，第 306 頁，上海古籍出版社，1988 年。

獻縣部分，僅僅對紀昀有所闡述，近年來蔣寅、張寅彭等學者對戈濤略有述及，對其餘詩人并未予以關注，《歷代獻縣詩鈔》的面世可以彌補這方面的缺失。在文學理論方面，戈濤作爲畿輔詩人之“巨擘”，以大量的詩文創作，對當時籠罩詩壇的“神韵説”提出了不同的見解，于乾嘉詩壇獨樹一幟。① 與戈濤不同的是，紀昀身居要職，總纂《四庫》，高揭群言，在《四庫總目》中以持平之論對王士禛的“神韵説”多所褒揚，然作爲個人，却腹誹頗多，大量見于其序跋之中，因此其詩作提倡性情，不依傍模擬。翁方綱以爲戈、紀二人在反對“神韵説”方面是一致的，不同的是“芥舟（濤）之服膺陶、杜與曉嵐之服習後山微有差别”②，作爲二人的摯友，翁方綱的這句甘苦之言是文學理論研究應當特别注意的。

近年來，獻縣歷代詩人的作品，除了王餘佑的《五公山人集》、紀昀的《紀曉嵐詩文集》、戈濤的《坳堂詩文集》單獨整理過之外，其他尚未有整理本，因此，《歷代獻縣詩鈔》中的許多詩集是首次面世。《歷代獻縣詩鈔》的整理者均爲獻縣籍學人，他們歷經數年勾稽、索隱，對當地詩人的材料掌握最爲詳備，庶可補前人在版本、地名、人名、斷句、注釋等方面的不足。

河北大學國學傳承與發展協同創新中心成立于二〇一三年。本中心依托正在創建世界一流學科的“中國語言文學”學科的優勢科研資源，整合相關研究力量，以保護和弘揚河北地區優

① 柯愈春：《清人詩文集總目提要》，第 686 頁，北京古籍出版社，2002 年。

② 翁方綱：《復初齋文集》卷三《〈坳堂詩集〉序》。

秀傳統文化、延續河北歷史文脉爲目標，對優秀文化遺産的搜集、研究進行大幅度支持。《歷代獻縣詩鈔》就是本中心資助出版項目之一，相信該叢書的出版對河北文化暨“直隸學”的發揚能做出應有的貢獻。

劉金柱

二〇一七年十一月十三日

總　序　二[1]

獻縣爲獻王故地，素稱畿輔名區，是詩書禮儀之邦，詩風很盛，代有名人。但由于年代久遠，爲水火兵燹湮滅者不知凡幾，但存書名，不見詩作者，又不知凡幾。“文革”時期，民間詩書古籍，消亡殆盡。當前，百廢待興，國家重視傳統文化的傳承，大順民意，搶救鄉邦文化成爲當務之急。鄉邦文化產生于鄉邦歷史，國家文化產生于國家歷史，鄉邦文化是國家文化的根。獻縣歷代的詩人詩作，是獻縣鄉邦文化的重要組成部分，可惜一直没有一位大手筆出來，編輯一部涵蓋歷代的詩集，把歷代詩人的作品挖掘出來，保存起來，不使其自生自滅，而令其熠熠生輝，爲今人所用。

遲遲没人做這件事的原因，主要是年代久遠，詩人衆多，資料零散，難以尋覓，費力未必討好。儘管如此，人們還是企

① 此爲二〇一五年朱惠民先生爲《歷代獻縣詩鈔》（内刊）所作序言，題爲《萬古詩濤繞獻陵——寫在〈歷代獻縣詩鈔〉殺青之際》。

盼着有一位大手筆的出現。

不負衆望，這位大手筆真的出現了，不過不是一個人，而是以于萬復爲首的一個寫作班子，年齡都在三四十歲。這些人的一個共同點是都喜愛詩詞，都有責任心與使命感，都捨得吃苦，敢想敢幹。

事情的緣起還得從于萬復説起。于萬復是獻縣教育體育局的一名普通幹部，是《獻縣志》的主編，喜歡詩詞，在鄉邦文化研究上做過很多工作。二〇一一年，獻縣文化廣電新聞出版局要出一本《獻縣古迹詩存》，找到了他，他爲之提供了有關詩詞五百餘首。二〇一三年滄州市政協組織編寫《歷代名人咏滄州》，又找到他，他把辛辛苦苦搜集到的詩詞精選了將近三百首作品做了無償奉獻。經過兩次搜遺，他進一步瞭解到獻縣歷史悠久，英才輩出。兩千年中獻縣積累了豐厚的文化底蘊，入選區區兩本書遠不如找幾個人編寫一部《歷代獻縣詩鈔》，把歷代獻縣籍人的詩作和非獻縣籍人咏獻縣的詩作都吸納進來，供人們觀覽、研究、繼承、發揚，也算爲獻縣文化建設盡一份力，這也是獻縣作爲一個文化大縣的有力佐證。有了這個想法，他便跟七位同道商議，一拍即合，説幹就幹。他們這個想法也得到社會上一些有識之士的鼓勵和支持。

編寫工作是從搜集資料開始的。資料在哪里？分布在民間和各地圖書館中，得去找。爲保護古籍，不能照相，不能掃描，找到了要逐字逐句地抄。好在于萬復已經做了一些嘗試。爲此他們跑遍周邊各縣市，跑了北京、天津、南京等各大圖書館，還從網上搜到日本、美國、韓國等域外資料。他們都是有工作的人，只能犧牲節假日出去抄書。他們都是家裏的頂梁柱，上有老下有小，依靠每月兩千元工資生活，外出差旅費要自己墊付，需要格外精打細算。外出時，他們常常是幾個人合租一個標準間，身體好的打地鋪，把床讓給身體較差的同志，而白天抄起書來，個個都是“拼命三郎”。有個同志在抄書日記中寫道，“多抄一點兒是一點兒，少住一天是一天”，这極形象地反映出他們外出抄書的情狀。

抄出書來，幾個不同版本，還要精心校對，勘正錯訛。這個工作是抄回來之後的大活兒、細活兒。幾個人分了工，每人負責一部分，字斟句酌，反復推敲。有的地方拿不准，就幾個人進行“會診”，務必做到實事求是、準確無誤。他們有時爲了一句話，不惜重返一次天津；爲了找到一個版本，居然兩赴北京；有時實在累了，停下來，想想自己是在做着流芳後世的事，再苦再累心裏也覺得甜。

就這樣嘔心瀝血，經歷一年寒暑，八册一函的《歷代獻縣詩鈔》初稿終于完成。《詩鈔》含詩萬餘首，專輯二十八個，涉及詩人百餘名，是迄今爲止最完備、最翔實的一部獻縣歷代詩歌總匯。它使我們看到了歷史，看到了人文，看到了獻縣的詩歌傳統，更從一個側面看到了獻縣作爲一個文化大縣的歷史面貌。這樣一項浩大的工程，居然由幾個年輕人利用業餘時間，一年完成，效率之高，工作之艱辛，成果之豐碩，不能不説是一個奇迹！按時下一句很流行的話説：衹要年輕，没有什麽不可能。而今，我更要説的是：年輕人衹要有志氣，有目標，没有什麽不可能！

古人云："詩言志。"志是什麽？就是"心之所之"，就是心裏想的那些美好的東西。詩之大旨，在于勸善懲惡，故國人自古有"詩教"一説。詩一直受到國人的熱愛和重視。五四運動以來，白話詩興起，舊體詩受到衝擊，但由于人民喜愛，舊體詩依舊綿綿不絶。像魯迅、郭沫若這些五四運動的旗手和毛澤東、朱德、周恩來等革命領袖們也都寫過舊體詩。無可諱言，舊體詩由于受到格律的諸多限制，不容易寫，有人把這比作帶着脚鐐跳舞。但我們的古人却跳得鏗鏘有致，有板有眼。古人能做到的，我們如果努力也可以做到。何况現在于用韵上比較寬泛，允許用新韵。詩是用來抒發感情的，衹要有情感，就會有詩。各個民族、各個國家都有自己的詩，語言不同，文字不同，所作的詩也不一樣。中國的方塊字以及方塊字的五音，是産生中國舊體詩的基本元素。一首好的詩作，不在它用什麽韵，用什麽體式，更主要的是它真善美的内涵。

改革開放以來，文化隨之振興，詩社詩刊，如雨後春笋。我們講話、寫文章，總喜歡引用古詩名言，因爲它簡約而雋永，飽含哲理，話不多而可一語中的。這充分説明，舊體詩的生命力還是很旺盛的。書法活動的普遍開展，也對詩詞的傳播起了極大的促進作用。教材選文中也逐年加大了舊體詩的比重。一切都向着有利于中華傳統文化傳承的方向發展，因爲衹有民族的，才是世界的。《歷代獻縣詩鈔》可謂是應運而生，縣政府已將其列爲二〇一五年獻縣文化建設的一件大事，足見重視。讓我們爲這部書和它的編者們點贊，他們本身就是一首壯懷激烈的詩！

萬古詩濤繞獻陵。讓我們讀着古人的詩，寫出更加雋永豪邁的詩篇，來歌頌我們詩一般的生活，來贊美我們這個偉大的時代。

朱惠民

二〇一五年五月二十五日

前　言

獻縣隸屬歷史文化名城滄州市，北靠東西重要交通水道子牙河，自古物産豐裕，民風淳樸，文化底蘊深厚，歷史上出現了許多科舉文化世家，主要有護持寺劉家、豐爾莊戈家、韓店史家、崔爾莊紀家等。據不完全統計，獻縣清代科舉進士百分之七十集中在獻縣東部，主要歷史人物有隋代經學家劉炫，五代宰相馮道，清代一代文宗紀曉嵐，近代哲學家張申府、張岱年兄弟……此專集主要包括韓店史汝箴的《退思閣詩集》，其子史樹瑛的《農游雜咏》、史樹璋的《鳳儒詩草》，及史氏家族史光簡的《紅椒園試帖》。本詩集的整理出版，將充實獻縣歷史文化寶庫。

《退思閣詩集》作者史汝箴，生于道光丙午二十六年（1846），同治癸酉十二年（1873）舉人，曾任桃城教諭。民國癸酉年（1933），史汝箴八十八歲大壽時，正值其中舉一甲子，按照科舉時代的習慣，應是他重赴鹿鳴宴的年份。但此時科舉制度已廢，對于他這位前清科舉遺老來說，無疑是人生的憾事。于是，史汝箴的兒孫爲娛親，出版了他的這部《退思閣詩集》，詩集後面并附有作者之子史樹瑛的《農游雜咏》、史樹璋的《鳳儒詩草》。《退思閣詩集》以紀實手法爲主，根據史汝箴的人生經歷分爲五部分：一是庚子（1900）之變時的《蟲吟小草》；二是壬寅（1902）赴差河南秋闈的《汴游雜咏》；三是癸卯（1903）暮春晋引頤和園的《晋引詩存》；四是晋引歸途中的《趙州吟》；五是彙編數十年詩作的《退思閣詩存》。詩集不僅給我們展示了作者豐富的人生經歷、憂國憂民的情懷，而且給我們提供了一幅幅近代歷史事件畫卷，包括庚子之變、日俄戰爭、辛亥革命、張勳復辟等。同時，詩裏面還爲我們提供了清代晋引制度、科舉制度、考課制度以及獻縣地域内的人文資料等，具有較大的史料價值，爲我們研究近代史提供了史實依據。

關于《紅椒園試帖》作者史光簡的史料，史書上記載較少，衹知他是道光時期的拔貢，曾任平山縣教諭。試帖詩源于唐朝，到清朝時發展成僵化的八股格式，内容空洞，多以頌聖、咏史、寫景、賦物爲主，形式上以五言六韵或五言八韵爲主。此試帖詩刊印後主要供追求科舉功名的士子們臨摹借鑒，很受士子們的青睐，以致出現“見者争欲得之”的局面。《紅椒園試帖》是獻縣至今爲止發現的唯一一部試帖詩集，對于研究清代試帖詩具有一定的參考價值。

此册詩鈔承蒙河北大學劉青松、傅林博士的指導與斧正，河北大學文學院的鼎力贊助，同仁于萬復、曹書通、吕永森、杜書恒、武樹慧、彭芳娜等人的支持與幫助，在此深致謝意。

鑒于本人的學識所限，裏面會有諸多疏漏和錯誤，敬祈各位方家和同道指正。

張紀岩

二〇一八年六月

目　　录

史汝箴：退思閣詩集

序一 …………………………………………（3）
序二 …………………………………………（4）
序三 …………………………………………（5）
題詞一 ………………………………………（6）
題詞二 ………………………………………（6）
題詞三 ………………………………………（7）
自序一 ………………………………………（8）
自序二 ………………………………………（8）
自序三 ………………………………………（8）
自序四 ………………………………………（9）
自序五 ………………………………………（9）
卷一　蟲吟小草 ……………………………（11）
古鏡（同治辛未） …………………………（11）
自遣 …………………………………………（11）
對菊（壬申） ………………………………（11）

哭樹菜侄 …………………………………………………（11）
有感 ……………………………………………………（12）
應試北闈次韵劉芑田餞别之作（芑田名灃，大城茂才。癸酉）…………………………………………………（12）
午橋表兄以詩集一卷堅請删訂，詩以自嘲（房午橋名元熙，喬爾莊人，本邑茂才）……………………（12）
吴侍御可讀挽詞即次其絶命詞韵（光緒元年乙亥）…（12）
哭宋陶庵（陶庵名金鎔，鐵甲營人，本邑茂才。丙子）…（13）
丁丑春卧病都門愈後作 ………………………………（13）
金仙寺觀虹（寺在妙峰山上，雨後觀虹，其脚下垂，去地數尺，遥村相映，如隔絳綃，極飄渺虚無之致）……（13）
妙峰星炬（每年四月廟會，香客蟻聚，夜半下山，人手一炬，自麓仰視，若落星然）…………………………（13）
悼亡 ……………………………………………………（14）
底事 ……………………………………………………（14）
懷張生浴堂、式僑昆仲（浴堂名沂，一字鏡蓉。式僑名潤）…………………………………………………（14）
憶兄（戊寅秋日）……………………………………（14）
蟲蝕筆 …………………………………………………（15）
寄内（庚辰）…………………………………………（15）
和王静庵移館村西小園原韵（静庵名乃銘，會頭村人，本邑茂才。辛已）…………………………………（15）
憶舊（庚辰秋，余自都門旋里。王子剛回津應試同行，同年楊舍人蔭樵在前門外重陽樓爲余等餞别，持螯把酒，豪興欲顛，忽念及古人"菊酒蓬飛"之句，又不勝興盡悲

來之感，曾幾何時，重陽又屆，撫今追昔，愴然而作，
并呈二公） …………………………………………… （16）
慰古藤（歲辛巳，余設帳高龍華館中，有古藤一株，
爲頹墻所壓，曾吊以詩，後復無恙，因賦以志喜） ……… （16）
母親壽日作 …………………………………………… （16）
蘆簾 …………………………………………………… （17）
寄懷午橋表兄（壬午） ………………………………… （17）
余有意僑居，吴壽仁願假西院，詩以志謝（癸未） … （17）
三月僑居于東翁李曉帆處即事 ……………………… （17）
書懷二首 ……………………………………………… （18）
呈紀師印泉（師印鉅洵，周家村人，文達公裔，本邑
貢生） ………………………………………………… （18）
自去歲内人得一顛症，今差愈，口號自遣 ………… （18）
立夏前三日偶成 ……………………………………… （19）
楊花迴文 ……………………………………………… （19）
惜春詞 ………………………………………………… （19）
寄王元甫并柬静庵（元甫工書法，静庵之叔） ……… （19）
印泉師得愚山張先生書，余就觀之 ………………… （20）
集閑邪公帖字成書懷二首 …………………………… （20）
紀夢（甲申荷月六日，夢遷居于文廟後半截巷中間，北向
東鄰王姓，門首有金字堂牌，意以爲王狀元之孫居焉。
宅被杏壇之蔭，鄰餘杏苑之芳，心焉羡之，遂成“居安
聖人宅，鄰近狀元家”之句，覺後足之） ……………… （20）
送蓮池書院講師張廉卿先生旋里即次留别原韵
（戊子） ………………………………………………… （21）

附廉卿先生留別原作 ……………………………… (21)
落齒（己丑三月八日） ……………………………… (21)
辛卯仲秋，吴雲遲大令權篆棗强，邀閲試卷，十五月下書懷 ……………………………… (22)
賀吴雲遲大令權篆冀州（辛卯冬，吴令奉委護理冀州，數日即行回任，雖爲五日，京兆實亦九牧，馳聲亦可賀也） ……………………………… (22)
辛卯長至同年燕覺生過衡詩以贈之（燕名調緯，湖南人） ……………………………… (22)
謝吴大令贈水晶烟壺 ……………………………… (23)
偶閲梅子真、嚴子陵故事，賦詩以志，竊比并柬吴大令（壬辰） ……………………………… (23)
和吴大令感秋詩二章 ……………………………… (23)
吴大令有調交河之訊，詩以爲賀（壬辰） ……………………………… (24)
題耿蔭庭連理玉烟壺（烟壺雕刻甚工，一翡一緑，成爲連理朋壺，并刻梅花） ……………………………… (24)
和吴大令初春咏懷四首原韵（時吴已调署東光。癸巳） ……………………………… (24)
附吴大令静海途中初春咏懷原唱 ……………………………… (25)
端節前二日，自遣二首，效六言體 ……………………………… (25)
端陽即事 ……………………………… (25)
耿蔭庭作富貴壽考圖贈師代題 ……………………………… (26)
癸巳仲春，孔亦愚大令卸篆進省，賀山長墨儕邀衡紳及余往西關候送，清談徹曉，孔駕始過，戲題（賀印嘉枏，武强孝廉） ……………………………… (26)

甲午春日即事 ……………………………………………… (26)
和吴生肖雲九日登奎樓之作（乙未） ……………………… (26)
吴大令雪中見訪 …………………………………………… (27)
謝吴大令贈燭雉 …………………………………………… (27)
丙申上元咏劉子政 ………………………………………… (27)
柬邊澤村觀菊（邊印恩裕，任邱諸生，時居吴雲遲
大令幕） …………………………………………………… (27)
雪後送吴雲遲大令赴河間新任 …………………………… (28)
覽鏡（丁酉正月十九日）………………………………… (28)
送吴仲雲之河間乃翁署中 ………………………………… (28)
士會歸晋 …………………………………………………… (28)
抱虚軒（戊戌春，河間閲卷居此） ……………………… (29)
亦吾廬（亦在縣署） ……………………………………… (29)
試院即事用吴大令春原韵 ………………………………… (29)
挽石心如 …………………………………………………… (30)
和劉箸元姻丈廢石佛寺詩原韵（丁酉） ………………… (30)
次韵吴大令元旦戲筆之作（己亥） ……………………… (30)
叠前韵自咏二首 …………………………………………… (31)
賀陳瑞軒續弦仍用前韵 …………………………………… (31)
庭前新闢花畦偶成 ………………………………………… (31)
有感（并存） ……………………………………………… (32)
再柬同仁二首（并序） …………………………………… (32)
謝吴大令贈花 ……………………………………………… (32)
邊澤村將北旋，以秋海棠二盆見贈 ……………………… (33)
閲太原行在邸抄有感 ……………………………………… (33)

感時十四首（原輯《蟲吟小草》中）…………………… （33）
秋日感時續潘大臨句 …………………………………… （35）
九日再續潘句 …………………………………………… （35）
過尚王墓（即尚可喜墓，在衡水西郊） ……………… （35）
牡丹芳（時有菊曰粉牡丹，芳茂無比，一株近百朵，
爰作歌以寵之）………………………………………… （36）
和議久無確音 …………………………………………… （36）
偶作 ……………………………………………………… （36）
立春前五日 ……………………………………………… （36）
倒叠前韵 ………………………………………………… （37）
辛丑四月，感時次顔蘭舫見贈韵（顔印德馨，
大城名士，璋兒外舅）………………………………… （37）
附顔蘭舫見懷原詩 ………………………………… （37）
卷二　汴游雜咏（壬寅秋日） …………………… （38）
史皇廟（南樂縣北瓮城内）…………………………… （38）
謁仲子墓（在開州城北，祠中古松數百株，大者
兩三圍，墓高若邱，陵前有石羊坊，拜謁令人生敬） …… （38）
渡黄河（柳園口） ……………………………………… （38）
汴京紀事 ………………………………………………… （38）
贈吴仲雲（吴時以知縣聽鼓河南） …………………… （39）
信陵祠（侯生、朱亥、枚乘諸公配享，内中復道平臺，
頗有可觀）……………………………………………… （39）
登平臺 …………………………………………………… （39）
朱亥 ……………………………………………………… （39）
登鐵塔 …………………………………………………… （40）

龍亭（俗傳宋代宫殿故址） …………………………… （40）
雙龍港（俗傳宋太祖兄弟居此，今尚有一石，
龍身叠壁中而露其首，未免附會） ……………………… （40）
游卧龍宫（在宋門内迤南，神座後有趙藝祖卧像，
俗傳微時曾在此避難） ……………………………… （40）
過曹門（古夷門也） ………………………………… （40）
謁禹王臺（祠建吹臺上） …………………………… （41）
三賢祠（祠祀李太白、杜子美、高達夫三詩人，
在禹祠東） ………………………………………… （41）
登白塔二首（城南五里） …………………………… （41）
歸渡柳園口 ………………………………………… （41）
陳橋 ………………………………………………… （42）
舟過濬縣登浮丘山亭 ……………………………… （42）
夾馬營 ……………………………………………… （42）
八月廿八日舟阻風雨 ……………………………… （42）
泊武城見乞人曳刀 ………………………………… （42）
卷三　晋引詩存（癸卯） …………………………… （43）
發桃城 ……………………………………………… （43）
渡滹沱二首（車陷中流，刻餘方出，時四月八日也） …… （43）
校士館（即舊蓮花池書院） ………………………… （43）
火車 ………………………………………………… （43）
贈尚舍人逢春（尚名椿莪，衡水孝廉，時寓天德南廠，
余至京亦借寓焉） …………………………………… （44）
游國子監二首 ……………………………………… （44）
夜過交民巷 ………………………………………… （44）

福龍堂讌集 ……………………………………………… (44)
立秋前一日，接黄雨薌兄由張垣來書，以詩見贈
并朱提六金，依韵奉和，又謝惠一章 …………… (45)
謝惠 ……………………………………………… (45)
傲奴（尚舍人奴也） …………………………………… (45)
吏部驗到（閏五月二十日） ……………………………… (45)
有感 ………………………………………………… (45)
京寓遣悶，柬張生式僑并伊弟仲卿庶常 ……………… (46)
寓所有海棠二株，一株結實纍然，時方少雨，
葉均未茂，因賦“問憐慰别”四章，以志
數月相對之意 ………………………………………… (46)
問海棠 ……………………………………………… (46)
憐海棠 ……………………………………………… (46)
慰海棠 ……………………………………………… (47)
别海棠 ……………………………………………… (47)
贈户曹許生翥梅（研席一别十有五年，今春過保相晤，
并預小門生喜筵，到京又招飲觀劇，情意殷殷，
詩以志契。許名涵修，清苑人） ……………………… (47)
吏部演禮（七月二日） ………………………………… (47)
七月三日赴萬壽山 …………………………………… (47)
四日辰刻頤和園仁壽殿引見 ………………………… (48)
奉旨仍以教職用 ……………………………………… (48)
鴻臚寺謝恩（七月十四） ……………………………… (48)
戲成 ………………………………………………… (48)
事畢南旋 …………………………………………… (48)

回衡過保陽，仍主婁幼樵家 …………………………（49）
卷四　趙州吟（癸卯秋） …………………………（50）
趙州城懷古 …………………………（50）
望漢臺 …………………………（50）
開源寺石塔（唐虞世南書佛經其上） …………………………（50）
柏林寺 …………………………（50）
廉頗墓 …………………………（51）
李左車墓 …………………………（51）
趙忠毅公祠 …………………………（51）
安濟橋（即俗稱大石橋，橋上有張果老騎驢仙蹤者是） …（51）
閱試卷畢閑咏，用吴雲遲州牧記夢韵（時届重陽） …（52）
吴州牧以重陽閑咏詩見示，依韵和之 …………………………（52）
潘貽南以米元章墨寶示觀即贈 …………………………（52）
贈靈子暉（名曜，宗室。吴雲遲記室也） …………………………（53）
贈王秀珊、邊晴浦兩兄（王名樞，四川人。
邊名承灝，任邱人。皆吴幕府） …………………………（53）
留贈高邑恒階平大令（名泰，詩酒相招，風雅人也） …（53）
和吴州牧咏馬玉昆備榆原韵 …………………………（53）
千秋亭（在鄗南，漢光武即位處） …………………………（54）
强哉行（并序） …………………………（54）
日俄戰起，有以奉北遼西爲戰場之説感賦
（甲辰） …………………………（55）
次韵黄小宋觀察贈日本教習楠原正三詩二章 …………（55）
癸卯除夕用劉儀卿韵 …………………………（55）
甲辰三月咏碧桃（庚子歲，吴仲雲贈碧桃二株，

余以桃核種階下，轉瞬之間又成樹矣） …………………… （56）
補癸卯閏午讌集張生式僑京寓芙落樹下（并序） …… （56）
紀夢（甲辰四月十九夜，夢同十餘人騎鶴閑游，
一時千里，因翻古意，得“但能騎鶴揚州去，
不用腰纏十萬錢”二句，醒後吟七絶以成之）…………… （57）
五月念六日得式僑和章仍叠前韵却寄 ……………… （57）
六月二日同盧雲峰、劉子端諸君登衡水舊城古塔 … （57）
舊城王錫三招飲觀劇，座有王桂南七十九歲，
及王華齋六十九歲，二公叔侄行也，精神健旺，
詩以爲志并柬錫三 …………………………………… （58）
粟仲華賜蜜桃 …………………………………………… （58）
有感（甲辰秋，議裁佐貳教職，衡水訓導亦在裁撤
之列） ……………………………………………………… （58）
别門生 …………………………………………………… （59）
别同城 …………………………………………………… （59）
九月下旬政府議駁裁汰 ………………………………… （59）
慰諸生（前吟留别之章化爲烏有，亦咏重來之句
恍入玄都。天耶？人耶？詩以奉慰） ……………… （60）
冬窗自咏用詹仁甫韵 …………………………………… （60）
和粟仲華留别原韵 ……………………………………… （60）
司徒西爾（旅順被困一年，援絶矢盡，俄師
司徒西爾降，亦鐵中錚錚者）…………………………… （60）
喜雪 ……………………………………………………… （61）
芭蕉（乙巳） ……………………………………………… （61）
閲衡水試卷示諸士子 …………………………………… （61）

謝俞芷盟大令送閲卷金 …………………………（61）
送春迎夏（丙午） ………………………………（62）
擬和黄小宋赴河南留别原韵 ……………………（62）
假袁昆和京蚨八串支俸歸趙戲贈 ………………（63）
吊潘烈士 …………………………………………（63）
立春 ………………………………………………（63）
憶登濬縣浮邱山亭（壬寅秋，余奉認識士子差，赴汴事竣，買舟回衡，過濬縣登浮邱山亭，峰巒秀麗，樹木葱蘢，宛然畫圖，曾賦詩一章，載《游汴集》中。今歲，瑛兒奉保陽農務局命赴浚，充農業教員，又賦以志之） …（63）
吊菊（菊芽數種，爲雙兔所食而濯濯矣，詩以爲吊） ……（64）
丁未新正九日，夢中得詩二句“得閑隨立影，無罪此餘身”，醒後續成 ……………………（64）
十九日諸子赴保陽登車分往京豫（樹瑛赴浚縣差次，樹璋赴京師大學，樹瑄赴京警校） ……………………（64）
升選保定府教授留别桃城諸知己 ………………（64）
赴任保陽，賀墨儕、馬仁趾兩兄慷慨饋贐，賦詩志謝并留别（馬印景麟，衡紳） ……………………（65）
别碧桃 ……………………………………………（65）
别海棠（吴仲雲所贈，已九年矣） ……………………（65）
别石榴 ……………………………………………（65）
别四季海棠 ………………………………………（66）
春雨即景（二月晦日） ……………………………（66）
留别俞芝盟大令二章，并簡陳紹卿、孫健堂、袁昆和三君（皆俞幕友） ……………………（66）

生子（二月十八日）……………………………………（67）
三月十八小兒彌月，陳、孫、袁三君以詩來賀，依韻
奉酬 ……………………………………………………（67）
五月六日交卸赴省，再留別桃城諸君子 ……………（67）
萬壽節古蓮池讌集賦詩 ………………………………（67）
七月權代省城女校漢文講席，九月廿日女教員
到堂留別外部諸公 ……………………………………（68）
和孫健堂寄懷原韵 ……………………………………（68）
十月十日，女校新教員忽告退，諸紳復約，余乘乏
戲成二絶 ………………………………………………（68）
新課鐘點加多 …………………………………………（69）
憶幼子 …………………………………………………（69）
璋、瑄兩兒赴京尚無報書，瑛兒豫稟已到（戊申）…（69）
二月二日偶成 …………………………………………（69）
二月十八，七兒保生初度，時在外家 ………………（70）
和衡水盧少尉雲峰寄懷詩原韵 ………………………（70）
憶衡署碧桃 ……………………………………………（70）
戲贈紀卓山，用其寄詩原韵（紀印根立，
周家村人，邑诸生）……………………………………（70）
璋兒寄侄孫熙宇七律一首，因用其韵以自遣 ………（71）
寄子（璋、瑄兩兒皆在京校，瑛兒又至
京農事實驗場任職）……………………………………（71）
嘉平念七日偶成 ………………………………………（71）
閑咏二首（乙酉）………………………………………（71）
内人病疫，瀕危者數次，四十日方愈 ………………（72）

拔場（本年乙酉科拔場，全省應選者至五千人之多，前所未有，殆以拔場至是科而止，故皆願背城一戰歟）…（72）
咏梅（客歲，瑛兒自河南浚縣伏假歸，携黄梅子數粒，余種之盆中，歷秋未見萌芽，以爲腐矣。今春忽坼甲土中，兩株并峙，視之則梅也。後月餘又生一株，喜出望外，故志之）……（72）
戲謝紀卓山贈香腸（時當伏日，味䚡遥天。拜領殷勤，蟻無膻而不慕；開封活潑，蛆何德以先嘗。爰成噴飯之章，用代䣷醢之飲）……（73）
自遣（并序）……（73）
喜領秋俸……（73）
感時……（74）
閱東三省報紙，日俄又有開釁之説……（74）
謝王次菊贈酒次韵……（74）
寄次菊倒叠前韵……（74）
重九日次菊招飲……（75）
贈卓山水筆數枝來詩言及依韵答之……（75）
緑菊……（75）
和劉漸磐孝廉跋詩原韵（漸磐名慶鴻，大城人，戊子舉人。己酉冬，應辟來省，到署小聚，見余詩集，題詩一章）…（75）
附漸磐先生原作……（76）
叠前韵……（76）
再叠前韵即席呈許雁江、劉漸磐（許爲清苑舉人，曾官山西知縣）……（76）
三叠前韵……（76）

四疊前韵（鏖戰揮魯陽之戈，弭兵用向戌之策。
争雄數日，傳檄千言。今當勝負未分，後宜和平共守。
背城一戰，勉步二章。藉作請成之書，庶幾交鄰之道） …（77）
至日王伯仁招飲即席作疊前韵 ……………………（77）
喜璋兒由吉林回京，與瑛、瑄兩兒偕來 ……………（78）
疊前韵 ……………………………………………（78）
封印日遣悶 ………………………………………（78）
庚戌正月謁新藩憲即事 ……………………………（78）
述事 ………………………………………………（79）
上元有感 …………………………………………（79）
行役 ………………………………………………（79）
王統領化東約主講席 ……………………………（79）
和孔玉林食蟹原韵 ………………………………（80）
吊裝子廠工人（九月四日午後二時，工廠藥炸，全廠
三十餘人僅有二人免難，餘則骨飛肉散，慘不忍睹，
外有行路者四五人亦遭波及傷己） ………………（80）
剪髮 ………………………………………………（80）
宣統辛亥元旦 ……………………………………（80）
午後雪霽 …………………………………………（81）
贈孔玉林（客歲，孔館鍾建堂，余館王化東，比鄰而居，
課餘時相往來。今余館仍舊，而孔忽就馬統領館。時有
安姓來延師，孔故却之，乃馬未踐約，安已他請，孔因
賦閑，昨戲語余曰鞍馬徒勞。因詩以爲贈） …………（81）
讀史 ………………………………………………（81）
孔玉林四月初旬仍就安姓館即贈 …………………（81）

謝王化東居停自雲南寄贈錦緞被面 …………………… (82)
哭長女二章 ………………………………………… (82)
有感 ……………………………………………… (82)
小園 ……………………………………………… (83)
感時二十首(辛亥秋,武昌變起,天下多事,璋兒
由京校回保,成《哀影吟》若干首,戲和之作) ………… (83)
聞馮禁統克復漢陽用條字韵 ……………………… (85)
憫亂四十二韵 ……………………………………… (86)
卷五　退思閣詩存 ………………………………… (87)
憫亂(壬子年) …………………………………… (87)
正月十三日保陽兵變 ……………………………… (87)
挂冠 ……………………………………………… (87)
伏日(壬子五月廿九日) ………………………… (88)
競争 ……………………………………………… (88)
感時 ……………………………………………… (88)
祀竈日作 ………………………………………… (88)
清隆裕太后挽詞,時癸丑正月十七日 ……………… (89)
即事 ……………………………………………… (89)
三月十四日游北京農事試驗場雜咏 ……………… (89)
登暢觀樓(樓梯三層五十四級,前清慈禧皇太后
游觀之所也) ………………………………… (89)
豳春堂(清帝幸西山,每駐蹕于此) ……………… (89)
來遠樓(番菜館) ………………………………… (90)
觀稼軒 …………………………………………… (90)
豳風堂(茶社) …………………………………… (90)

瀛嶠同春（仿日本式，屋内無床几，席地坐卧，户在東南，入室先脱履，蓋古制也）…………（90）
動物園聞獅吼戲題 …………（90）
鸚鵡 …………（90）
温室 …………（90）
三月十五日登萬壽山 …………（91）
慧海殿 …………（91）
景福殿（在慧海東，四望無際，俯視一切。昔慈禧太后居此，雪時雨際多用膳于此）…………（91）
石舫 …………（91）
銅牛 …………（92）
銅亭 …………（92）
浴佛日 …………（92）
安遇 …………（92）
天中節與王次菊過平康里爲門外之游戲題 …………（93）
守困 …………（93）
憫戰 …………（93）
前種竹叢，今歲移分，近因舟便，運向故園，取其耐歲寒、報平安也 …………（93）
八月十二日，三小女彌月二首 …………（93）
甲寅元旦 …………（94）
黄三兄雨薌于癸丑十月仙逝，甲寅二月始得耗，詩以挽之 …………（94）
四月廿八日爲亡繼室劉宜人忌日，典衣買祭品有感而作 …………（94）

詩酒 ……………………………………………………（95）
端陽 ……………………………………………………（95）
閑雲 ……………………………………………………（95）
移居有感 ………………………………………………（96）
遣懷 ……………………………………………………（96）
再遷（閏五月又移居史家故址庵路東，舊寓軒敞，新居湫隘，以彼月租拾元，此則四元有餘，原非下喬入谷，實乃舍重就輕也） ……………………………（96）
重九後一日，邀王次菊小酌 …………………………（96）
質裘 ……………………………………………………（97）
贖裘倒叠前韵 …………………………………………（97）
閲璋兒南昌家報 ………………………………………（97）
閲璋兒南京家報 ………………………………………（97）
金陵竹枝詞 ……………………………………………（98）
雨花臺 …………………………………………………（98）
咏古 ……………………………………………………（98）
乙卯元旦 ………………………………………………（99）
擬登揚州平山堂（璋兒家報云：差次揚州登平山堂，廿四橋即在山下，一望荒凉絶無游迹。余因人日消遣，爰擬登之） …………………………………………（99）
耳聾遣悶 ………………………………………………（99）
三月朔，耳閉復開 ……………………………………（99）
旋里記事（乙卯暮春，喬莊房焕其元章侄婿有父母之喪，邀余成主，其居與余里相距六里，因伊車便載眷屬歸謁先人墓，親族争招飲食，閑與族人爲葉子戲，俗名門牌，

樂事也。不意適淮鎮王氏大侄女，年六十三歲，前數日
傷指，因回家視余，中風身死，又何哀也。十餘日中而
哀樂不同，想亦數定，爰詩以爲志） ………………… (100)
謁墓 ……………………………………………… (100)
哭亡侄女 ………………………………………… (100)
局戲（殿元兄七十四歲，義元兄七十二歲，
來治侄六十四歲，余年七十，四人共二百八十歲） …… (100)
留别紀慰農鄉丈兼謝招飲（慰丈印鉅澍，印師族弟，
年七十九，精神尚健，三十年未見，情意殷殷并盛饌招飲，
過談兩次仍期後會） ……………………………… (100)
道上 ……………………………………………… (101)
再寄紀慰農鄉丈 ………………………………… (101)
七旬自壽 ………………………………………… (101)
送王次菊歸里 …………………………………… (101)
璋兒家報樊興局在揚州樊川鎮，因憶杜牧之事，
詩以遣悶 ………………………………………… (102)
和聽香散人自壽詩二首原韵 …………………… (102)
江潮 ……………………………………………… (102)
清明日作 ………………………………………… (102)
先父忌辰（三月十二日） ………………………… (103)
代擬紀卓山傷鳥詩 ……………………………… (103)
憶昔（幸附癸酉鄉榜，壬戌會試，場前覆試，惟直隸人
特許在保和殿覆試） ……………………………… (103)
暮春閑咏 ………………………………………… (103)
燕京 ……………………………………………… (104)

寄大兒樹瑛 …………………………………………… (104)
擬咏再到北京觀劇游園二章 ………………………… (104)
擬咏真再到北京觀劇游園一首 ……………………… (105)
七月六日再到北京，貴州徐紹欽，璋兒同學，
也枉駕見訪并惠贈蓮蓬，詩以爲謝 ……………… (105)
徐紹欽招飲 …………………………………………… (105)
周寶臣約觀劇于第一舞臺，晚飲于南味齋，詩以
志謝 ………………………………………………… (105)
和王次菊九日見懷原韵二章 ………………………… (106)
嘲喜 …………………………………………………… (106)
嘉平十二日由京回里，過津住崇豐棧，張生式僑
是晚亦來，筆談竟夕，次日同車抵滄站，有感
而作，用其塞上書懷韵 …………………………… (106)
附張式僑和詩 ………………………………………… (107)
丁巳正月廿七日，回京又住津之崇豐棧，張生
春暄適在棧中，因成一絶以志感（張，名煦，舉人，
河南知縣） ………………………………………… (107)
傅静吾以九月三日誕辰述懷詩四章徵和却寄
（傅時參海州鎮使白公幕，以道尹需次金陵） ……… (107)
余于丙辰嘉平之十三日因事旋里，丁巳二月一日
始回保寓，月餘之間，辭舊迎新，得七絶四章 … (108)
咏缺口瓷瓶（并序） …………………………………… (108)
端陽獨酌懷王次菊 …………………………………… (109)
五月十二日京師巷戰 ………………………………… (109)
感時仿白樂天叠字詩體 ……………………………… (110)

秋日遣悶仿李義山當句有對體 …………………… (110)
秋日旋里雜咏四章 …………………………… (110)
憶菊 ………………………………………… (111)
燕京家宴（陽曆元旦） ………………………… (111)
岳警 ………………………………………… (111)
丁巳除夜 …………………………………… (112)
戊午元旦（余生道光丙午，歷咸豐十一年，同治十三年，
光緒卅四年，宣統三年，今民國七年，歲次戊午） ……… (112)
人日懷紀慰農鄉丈 …………………………… (112)
聞連復岳州、長沙 …………………………… (112)
清明後五日感思印師二首 ……………………… (113)
感思容師即柬卓山世兄 ………………………… (113)
熙宇侄孫考醫取録，爲事雖微，然余心甚喜，
也詩以爲志 ………………………………… (113)
嘲蟹 ………………………………………… (114)
桃城憶舊并柬賀墨儕、馬仁趾 ………………… (114)
寄王次菊（四月十五） ………………………… (114)
笑忙 ………………………………………… (114)
述困 ………………………………………… (115)
挽王次菊（四月卅日） ………………………… (115)
午日寄懷紀慰農丈 …………………………… (115)
同日寄紀月波硯兄 …………………………… (115)
戲謝京寓中食客 ……………………………… (116)
和林秀宜女士《燕京感時詩》原韵二章（女士現充
京師第四女校主教） ………………………… (116)

戲題 …………………………………………………… (116)
讀紀慰丈命粒民世兄代和之章，叠前韵奉酬 ……… (117)
寄懷張生式僑 ………………………………………… (117)
中元後二日由保陽旋里 ……………………………… (117)
再和紀粒民示和叠韵詩二章 ………………………… (118)
感時三章，用璋兒春秋詩韵 ………………………… (118)
選舉戲題 ……………………………………………… (119)
西湖岳武穆墓（璋兒以岳墓詩來，故擬作） …………… (119)
咏史 …………………………………………………… (119)
十月十日夜，觀琦兒手工織囊戲作 ………………… (119)
感懷（報載美國總統威爾遜電賀徐世昌總統應選，
文有早弭内亂之語，愴然有作） ………………… (119)
增歲（己未） ……………………………………………… (120)
張生式僑以楊蔭橋之榆林事記見贈，内載留別和作，
因依韵和之 ………………………………………… (120)
寄懷楊蔭樵同年 ……………………………………… (120)
七月十一日爲余壽辰，璋兒由南京寄其全眷小照，
熙雍孫在抱，神頗清爽，傳觀志喜 ……………… (121)
喜紀卓山已消病假 …………………………………… (121)
徐紹卿回黔省親 ……………………………………… (121)
種小松二盆，一單一雙 ……………………………… (121)
答俞芷盟書函内遺名戲贈 …………………………… (122)
五孫熙彦生，命名曰阜昌，誤書爲阜生，戲題 …… (122)
立春日作（十二月十六日） …………………………… (122)
庚申三月河濱 ………………………………………… (122)

西山（山在保陽西四十里，上有如來殿，
每年四月八日，香客集會于此）…………………………（123）
一畝泉（一名老龍潭，距西山數里，水約一畝，東流入
大清河。進香者每來此玩賞。上有龍母廟，禱雨輒應）…（123）
直皖兵争（五月廿六日）……………………………………（123）
平陵道上（余携琦、珊二子避亂于史家橋，
橋距保陽三十里，在平陵村道上）…………………………（123）
德州魏吟舫先生入祀鄉賢祠（瑛兒同學濂溪
農部之父也）……………………………………………………（124）
記夢（辛酉正月二十夜中，夢師紀印泉先生，命余作詩
以“明月月明”爲題，且云昨見報紙一詩甚工，其題亦
類此，汝不可不作詩以繼後。醒而异之。噫！印師故已
二十年矣，因成五律一章應命，并賦一絶以志感）………（124）
自慰 ……………………………………………………………（125）
和彭同久祖齡奉天謁昭陵原韵 ……………………………（125）
代擬三月三日登奉天清福陵三層樓 ………………………（126）
賀許雁江壽 ……………………………………………………（126）
徵夢（明月月明夢中題也，前記以詩矣。四月五日得璋兒
寧稟云：陽曆五月九號，蒙王鐵珊省長委署蕭縣。按：
五月九號即四月二日，巧合明月月明之數，詩以志喜）…（126）
喜璋兒委署蕭縣 ………………………………………………（126）
壽日戲成二律，分寄在外諸子 ……………………………（127）
辛酉八月四日，由京到津，次日至徐，一路均李君
育才招待，車中口號一絶 ……………………………………（127）

五日住徐州新旅舍，適熙齡、熙良兩孫赴南京就學，遇于社中，育才以詩見贈，次日到蕭署吟此爲和 …… (128)
署内劉穎唐、王麗生、劉慕申諸君盛饌接風，詩以志謝 …… (128)
和顔筱蘭見贈原韵（筱蘭，蘭舫子也） …… (128)
同筱蘭游聖泉寺，口號原韵 …… (128)
孟明川科長饋椒鹽月餅，詩以爲謝 …… (129)
龍鳳二山 …… (129)
史閣部祠（志載閣部督漕運時，值蕭大饑，撥米爲賑，生活無算，邑人爲立生祠，今荒廢） …… (129)
游段氏園林二首 …… (129)
　怡顔山房 …… (129)
　三層亭 …… (130)
遣興 …… (130)
聖泉寺古槐 …… (130)
三仙臺 …… (130)
和卓御清見贈詩用腴韵 …… (131)
和孟明川送韓華賓回省 …… (131)
明川好佛，以禪語入詩見贈，因用腴韵和之 …… (131)
蕭署即事示璋兒 …… (131)
和卓御清二章次韵 …… (132)
蕭署戲題 …… (132)
九日登高 …… (132)
小住 …… (133)

留別蕭署諸友 ……………………………………………… (133)
記事五章(并序) ………………………………………… (133)
憶蕭用米海岳韵 ………………………………………… (134)
咏史 …………………………………………………………… (135)
蕭縣農會古柏(前游蕭,于九日登高,回憩于北門外。農會院有古柏一株,高數丈,附凌霄五,高與柏齊,青葱可愛,補咏以志奇异) ……………………………… (135)
有感 …………………………………………………………… (135)
代瑛兒冬月赴奉省之作 ……………………………………… (135)
辛酉除夕 ……………………………………………………… (136)
壬戌元旦 ……………………………………………………… (136)
人日 …………………………………………………………… (136)
立春日戲題四首 ……………………………………………… (136)
夢蛇 …………………………………………………………… (137)
上元日游保定公園,用東坡游黄州女王城詩韵(并序) ……………………………………………………… (137)
感時 …………………………………………………………… (137)
春游遣興(仍用米韵) ……………………………………… (138)
咏琴書二硯(一研琴式,一研書式) ……………………… (138)
時事 …………………………………………………………… (138)
憫亂 …………………………………………………………… (139)
和張場長試驗場春日閑居原韵 ……………………………… (139)
憫時 …………………………………………………………… (140)
聞蕭署失慎 …………………………………………………… (140)
餞春 …………………………………………………………… (141)

時局 …………………………………………………………… (141)
戲題 …………………………………………………………… (141)
哭二女淑筠 ………………………………………………… (141)
近聞榆關道直奉又各增防感賦 ………………………… (141)
遷居書懷（九月三日作） ……………………………… (142)
九日登保陽大慈閣 ……………………………………… (142)
癸亥人日，招袁儀堂小飲，蒙贈緑茶志謝 ………… (142)
鷄 ……………………………………………………………… (143)
送幼女隨母旋里 ………………………………………… (143)
京寓 …………………………………………………………… (143)
勵琦、珊二子 ……………………………………………… (143)
自述 …………………………………………………………… (144)
醫聾戲筆（余病聾有年矣，素不喜藥，未就醫。今春由保赴京，住瑛兒寓。有故人倪淑辰，精岐黄術，聞余來，枉駕兒寓，高談移晷，云聾可醫，因診視，成方而去。連服數劑，殊無影響，因戲成五古一首。文雖游戲而言多箴諷，故録存之） …………………………………………………… (144)
農場賞花 …………………………………………………… (145)
重登暢觀樓 ………………………………………………… (145)
三月十九日南海開放，紀游十二章 ………………… (145)
　船塢 ……………………………………………………… (145)
　流觴亭（即流水音） ………………………………… (145)
　人字柳石（人柳枯朽已久，立石其地，刻感柳詩三章，清純廟御筆也） ………………………………………… (146)
　瀛臺（在南海中，上有蓬萊閣） …………………… (146)

大圓鏡中 ………………………………………………… (146)
萬字廊 …………………………………………………… (146)
春耦齋 …………………………………………………… (146)
紫光閣 …………………………………………………… (146)
游北海（四月十八日赴北海，由左承光門出入，命瑛兒携筆紀其名勝處所，回寓各系一詩以志游興） ……………… (147)
白石平橋 ………………………………………………… (147)
瓊島（由下至頂爲石階，五層，計一百八十八級） …… (147)
瓊島春陰（石幢東向，刻有乾隆御筆詩三首，前階下又有大圓白石三，南北列，鑿若池形，各刻一龍于内，殆祈雨處也） ……………………………………………… (148)
漪蘭堂 …………………………………………………… (148)
闡福寺（正殿有檀香大佛一尊，去歲殿灾，像已灰化） ……………………………………………… (148)
小西天（在闡福寺西北，有亭一座，其式如殿而無墻壁，高數丈，廣大數十間，楹柱百餘。中築一山，山西南有角門一，可通盤路。山頂立銅菩薩一尊，四周皆塑像，面目姣好，細腰胸闊，頗類比丘尼。亭上有小匾曰：極樂世界。亭四角外各一亭，四面各以玻璃爲窗壁，裝置甚工） … (148)
萬佛樓（在闡福寺東迤北，樓凡三層五門皆黄琉璃磚築成，每磚造佛像一尊，三層皆然，外面抱柱椽拱皆用琉璃瓦包鑲，不見木迹，亦大觀也，然所費亦太巨也） ……………… (149)
九龍壁（在萬佛樓西，正殿久圮，只餘一壁，其質爲琉璃磚所砌，中成九龍，奇觀也） ……………………… (149)
連理柏（在廢殿前，東西并列，距四五尺，兩身共抱，合而

爲一。東一株由南面往西抱，西一株由北面往東抱） …（149）
三海 ……………………………………………………………（149）
有以詩翁自居，以集見示，戲成 ………………………（149）
七夕 ……………………………………………………………（150）
京寓自壽二首 …………………………………………………（150）
七月二十三日旋里 ……………………………………………（150）
中秋月下 ………………………………………………………（151）
九日 ……………………………………………………………（151）
築室落成 ………………………………………………………（151）
閲報有感 ………………………………………………………（151）
樂境 ……………………………………………………………（152）
癸亥除夕 ………………………………………………………（152）
甲子元日，預用耄耋印章戲題 ………………………………（152）
上元夜 …………………………………………………………（152）
二月二日 ………………………………………………………（153）
和王漁江詩四首原韵 …………………………………………（153）
養鷄一群，栽菊一畦，戲題 …………………………………（154）
自遣 ……………………………………………………………（154）
謝紀僅如兄賜籐花佐酒 ………………………………………（154）
誕辰自壽 ………………………………………………………（154）
舟行寓目（甲子九月，鄉間匪耗日逼，十六日拂曉，有至
史家樓消息。余于十七赴小莊，次早乘輪船赴津。時津南
水灾甚巨，寓目之下，哀樂叢生，抵京後，詩以紀之） …（155）
有感 ……………………………………………………………（155）
雨雲 ……………………………………………………………（155）

至日自遣 …………………………………………………… (156)
時局 ………………………………………………………… (156)
某公游北天台山 …………………………………………… (156)
盆梅 ………………………………………………………… (157)
盆菊 ………………………………………………………… (157)
盆中梅菊合咏 ……………………………………………… (157)
書齋閑咏 …………………………………………………… (157)
臘八粥 ……………………………………………………… (157)
水仙花 ……………………………………………………… (158)
迎春 ………………………………………………………… (158)
天竺牡丹（秋日插芽，冬日開花，亦頗嬌妍可愛） ……… (158)
燕京除日（用東坡尖叉韵） ……………………………… (158)
乙丑花朝自遣 ……………………………………………… (159)
示璋兒（時代豐縣） ……………………………………… (159)
分菊數種，惜爲雀彈 ……………………………………… (159)
憶耿太守蔭庭連理玉烟壺再賦 …………………………… (159)
蜂衙 ………………………………………………………… (159)
八旬自壽 …………………………………………………… (160)
送璋兒南旋 ………………………………………………… (160)
囑子課孫 …………………………………………………… (160)
丙寅夏日，獨坐無聊，因憶保定公園，感而有作
（用漁洋秋柳韵） ………………………………………… (160)
夢紀印師有感 ……………………………………………… (161)
燕京閑咏 …………………………………………………… (161)
九日二首 …………………………………………………… (162)

十月十六日悼落齒 …………………………………… (162)
問落齒 …………………………………………… (162)
原落齒 …………………………………………… (163)
責落齒（責其損人不利己也） …………………… (163)
菊花籫 …………………………………………… (163)
紙牌 ……………………………………………… (163)
冬至 ……………………………………………… (164)
聞璋兒眷屬到津 ………………………………… (164)
憫時 ……………………………………………… (164)
聞江西滕王閣被焚 ……………………………… (164)
慰菊 ……………………………………………… (165)
夢中樂 …………………………………………… (165)
今昔較 …………………………………………… (165)
除夕前一日，熙齡孫隨伊母同蘇昌、阜昌、龍昌由津
　來京，龍昌係初見，喜成一詩 ……………… (165)
丙寅除日 ………………………………………… (166)
丁卯元日 ………………………………………… (166)
自悟 ……………………………………………… (166)
扶老 ……………………………………………… (166)
聞美國艦隊有來華消息 ………………………… (166)
新正二日贈周寶臣 ……………………………… (167)
隨意六首（六言） ……………………………… (167)
立春日贈王鑄生 ………………………………… (168)
丁卯除日 ………………………………………… (168)

譽傅司令宜生（傅印作義，曾守涿州，天下重之。戊辰） …………………………………… (168)
譽陳總指揮雪暄（陳印調元，安新人，十八年，北伐駐節廬台，璋兒時佐其幕） ………………… (168)
戊辰除夜 …………………………………… (169)
己巳九月 …………………………………… (169)
贈内 …………………………………… (169)
笑題 …………………………………… (169)
模糊 …………………………………… (170)
示七媳 …………………………………… (170)
觀瑗女臨畫贊 …………………………………… (170)
庚午立春日作（十二月十八日） …………………… (170)
壬申七月十一日，和紀僅如見贈詩 ……………… (170)
癸酉四月，紀惠周以石首魚兒贈，詩以爲謝 ……… (171)
賜三女樹瑗 …………………………………… (171)
退思閣詩集跋詞 …………………………………… (172)
吟稿書後 …………………………………… (172)
癸酉首夏校理大人詩集既竟恭題二律 …………… (172)

史樹瑛：農游雜咏

選序 …………………………………… (175)
出居庸關（時赴京綏全綫勸農） ………………… (176)
游沙城老龍潭 …………………………………… (176)
新保安車站觀雨 …………………………………… (176)

早發張家口，兩岸皆山，比至柴溝堡，則各界
　在站歡迎矣，口占一絶 ………………………… (176)
游口泉北山黄籙觀老子廟 ………………………… (176)
戲題南山中財神廟 ………………………… (177)
赴蒙古，早發汗干子河 ………………………… (177)
閃電河道中 ………………………… (177)
宿五旗鄂博 ………………………… (177)
由正溝回張家口 ………………………… (177)
正定大佛寺講演 ………………………… (178)
夜渡黄河 ………………………… (178)
登黄鶴樓 ………………………… (178)
咏榆石（石在榆次縣西門外亭下，高丈餘，旁有石碣，
　記魯昭公八年石言于晋魏榆處） ………………………… (178)
晋東公畢，旋赴晋南車中口占 ………………………… (179)
西郊緩步 ………………………… (179)
三月三日與彭同九、馮湘岑游福陵（時在瀋陽） …… (179)
五旬初度 ………………………… (179)
和黄潤書司長自述詩原韵 ………………………… (180)
題廿年前小照 ………………………… (180)
丁卯九月，范雲卿先生再長農場，詩以迎之 ……… (180)

史樹璋：鳳儒詩草

自序 ………………………… (183)
題詞 ………………………… (184)
燕都秋感四首（甲辰） ………………………… (185)

擬樊樹游仙 …………………………………………………… (185)
同學金君有悼亡之作數十首，名曰《綺史》，
　屬題 …………………………………………………………… (186)
南都（乙巳） ………………………………………………… (186)
王某新婚 ……………………………………………………… (187)
江亭即事 ……………………………………………………… (187)
夜久（丙午） ………………………………………………… (188)
水灾行 ………………………………………………………… (188)
旅順口（丁未） ……………………………………………… (188)
賞月 …………………………………………………………… (189)
九日登外城（戊申） ………………………………………… (189)
歸興五首（用工部重游何氏園林韵） ……………………… (190)
俠少年 ………………………………………………………… (190)
德宗挽詞 ……………………………………………………… (191)
同學張德孫昆仲招引，坐有伊侄仲光及譯學生
　王念倫、同學李煥文、劉籍豐等，即席賦此
　（己酉） …………………………………………………… (191)
出塞篇 ………………………………………………………… (192)
重試大學題旅壁（庚戌） …………………………………… (193)
送江杏村侍御謫官南歸 ……………………………………… (193)
六月三日，同何五弼仁十刹海觀荷分江韵 ………………… (194)
擬古詩十九首 ………………………………………………… (194)
張蓴樓同學雨中見懷，詩以報之 …………………………… (198)
旅雁 …………………………………………………………… (198)
哀影吟（并序。辛亥） ……………………………………… (198)

三旬初度（壬子） …………………………………… (206)
舟次潯陽（甲寅） …………………………………… (207)
客南昌，和韋瘦痕同學《謁選京師留别》原韵 …… (207)
再送瘦痕 ………………………………………… (207)
四秋吟 …………………………………………… (207)
贛中詩社又以《秋閨怨》見徵，戲筆應之 ………… (208)
九月登西山放歌 …………………………………… (209)
奉調赴蘇州，舟次吴城，寄贛中同學 …………… (209)
游白下書肆，買書不遂，夜坐甚苦，詩以遣懷 …… (209)
登雨花臺 ………………………………………… (210)
懷江叔海師 ……………………………………… (210)
奚度青同學以感懷詩見示，依韵和之（時同客金陵玄帝廟中） …………………………………… (210)
乙卯于役東海題黄先生肖像（先生工詩畫，爲邑名士，京中老友井文父） ……………………………… (211)
奉檄八卦洲捕蝻戲占 ……………………………… (211)
六月同馮芾林諸先生游玄武湖紀事并簡 ………… (211)
讀高潛子詩集 …………………………………… (212)
喜何孟適來 ……………………………………… (212)
重游東海呈黄先生（丙辰） ………………………… (212)
贈陳俊甫（陳曾從事北京農場，伉爽善飲，家居灌園，宴如也） ………………………………………… (213)
和傅静吾四十述懷原韵（傅時參白師長戎幕） ……… (213)
登夾谷謁孔子廟堂 ………………………………… (214)
游西湖靈隱寺（戊午） ……………………………… (214)

謁岳忠武墓 …………………………………………………… (214)
龍井寺 ………………………………………………………… (214)
孤山林處士墓 ………………………………………………… (215)
春秋 …………………………………………………………… (215)
至奉賢調查米禁，同鄉畢馥老設帳于孟邑侯處，
邀游言子祠，雨中折紅梅一枝，晚蒙贈酒，
詩以謝之（己未） …………………………………………… (216)
高潛子爲定詩稿特柬 ………………………………………… (216)
二月聞雷 ……………………………………………………… (216)
齊震岩省長母氏魏太夫人八十壽詩 ………………………… (216)
重過漂母祠 …………………………………………………… (217)
齊省長六十壽詩（庚申） …………………………………… (217)
過下邳憶陳琳墓（邳志墓所無徵。辛酉） ………………… (218)
紀文伯以詩見贈，依韵和之 ………………………………… (218)
贈紀文伯 ……………………………………………………… (219)
李鷺賓同學以其夫人如蘭蜕狀見示，詩以唁之 …… (219)
侯府海棠 ……………………………………………………… (219)
題潛子詩集 …………………………………………………… (219)
呈齊督并祝其封翁壽 ………………………………………… (220)
勘青冢湖住褚蘭，贈王樸軒 ………………………………… (220)
湖中 …………………………………………………………… (221)
壽朱漸逵道尹 ………………………………………………… (221)
初夏偕程伯臧、陳蔭南、陳侶伊、倪公原夫婦及
韵友數人同游懷遠塗山（丙寅） …………………………… (222)
隨師北登泰山（戊辰） ……………………………………… (222)

陳雪師母氏楊太夫人壽詩（庚午） …………………… (222)
卜居（有序） …………………… (222)
過泰山六賢祠懷王鐵珊先生（壬申） …………………… (223)
四哀吟（并序） …………………… (223)
崔秘書監叔和（丙寅戰役，乘江永赴前方，至九江火起遇難） …………………… (223)
張指揮楚石（戊辰北伐，張任炮兵指揮，自戕于徐州） …………………… (224)
鄧旅長允武（壬申，陷敵不屈死） …………………… (224)
楊大令仙洲（宰霍邱，未一月遇難） …………………… (224)
十月杭州湖濱書所見 …………………… (224)
除夕理詩稿 …………………… (225)
癸酉元日書懷（用一四二三相對格） …………………… (225)
陳氏周鼎歌（有序） …………………… (225)
二月二日效玉谿體 …………………… (226)
春游 …………………… (226)
觀滕縣古物歌（并序） …………………… (227)
癸酉夏，校理家君詩集恭題二律（家君時年八十有八，鄉舉重逢） …………………… (228)

史光簡：紅椒園試帖

序言 …………………… (231)
莫若先孝弟 …………………… (232)
老子猶龍 …………………… (232)
鶯梭織柳 …………………… (232)

促織鳴 …………………………………………… (233)
瓶笙 ……………………………………………… (233)
繩河 ……………………………………………… (233)
十日一雨 ………………………………………… (234)
漁歌月裏聞 ……………………………………… (234)
刻燭催詩 ………………………………………… (234)
焦尾琴 …………………………………………… (234)
搜岩采幹 ………………………………………… (235)
鼠鬚筆 …………………………………………… (235)
柳丝 ……………………………………………… (235)
山川出雲 ………………………………………… (236)
嚴子陵被羊裘釣大澤中 ………………………… (236)
循墻而走 ………………………………………… (236)
美人蕉 …………………………………………… (236)
荷錢 ……………………………………………… (237)
小樓一夜聽春雨 ………………………………… (237)
日長如小年 ……………………………………… (237)
舊學商量加邃密 ………………………………… (238)
素月流輝 ………………………………………… (238)
雁字 ……………………………………………… (238)
深樹雲來鳥不知 ………………………………… (239)
汲古得修綆 ……………………………………… (239)
土美養禾 ………………………………………… (239)
干章夏木清 ……………………………………… (239)
腹稿 ……………………………………………… (240)

槐夏午陰清 …………………………………………………… (240)
窗中列遠岫 …………………………………………………… (240)
麥秋至 ………………………………………………………… (241)
登瀛洲 ………………………………………………………… (241)
鶯笙 …………………………………………………………… (241)
艾人 …………………………………………………………… (241)
開簾見新月 …………………………………………………… (242)
來其 …………………………………………………………… (242)
秋色從西來 …………………………………………………… (242)
秋光先到野人家 ……………………………………………… (243)
還家萬里夢 …………………………………………………… (243)
鶯梭 …………………………………………………………… (243)
吴季子挂劍 …………………………………………………… (244)
梅聘海棠 ……………………………………………………… (244)
小時不識月 …………………………………………………… (244)
春風偷染墨胭脂 ……………………………………………… (244)
二月春風似翦刀 ……………………………………………… (245)
棋聲花院閉 …………………………………………………… (245)
歲寒三友 ……………………………………………………… (246)
開徑望三益 …………………………………………………… (246)
長劍倚天外 …………………………………………………… (246)
風門 …………………………………………………………… (247)
老驥伏櫪 ……………………………………………………… (247)
秋蟲 …………………………………………………………… (247)
士伸知己 ……………………………………………………… (247)

秧針 …………………………………………………… (248)
夏雲多奇峰 ……………………………………………… (248)
德星聚 …………………………………………………… (248)
冬山如睡 ………………………………………………… (249)
興廉舉孝 ………………………………………………… (249)
夏雨生衆緑 ……………………………………………… (249)

後记 …………………………………………………… (251)

史汝箴：退思閣詩集

序　一

中國文化之源起于北方，詩教其一端也。十五國之風，概出冀雍青豫之域，而荆揚之郡，吴楚之邦，輶軒所不及焉。漢興傳詩者，猶有齊魯韓諸家，而大小毛公傳習最盛，蓋河間獻王之力居多。今河間獻邑，是亦詩之龍門積石也。自四聲作于吴興而詩道遂南，風雅之體一變。齊梁文士輕剽浮靡之習，深入人心，于是中原詩教日衰，而南士遂據詞壇，互爲標榜，温柔敦厚之旨蕩然無復存者。渉昔爲江左之游，與其間文人士相過從，久而始知山水阻深之地，其文詞奇麗有餘，而易流于浮薄。若夫和平而竺①厚，充實而輝光，是非數千里蕩蕩平原含宏博大，不能厚積而發也。獻邑史右銘先生，吾鄉耆宿，蚤爲名孝廉，秉教畿輔各郡邑，所至士林矜式。高年矍鑠，今届鹿鳴重宴之歲，望見顔色者，莘莘以爲人瑞。賢嗣鳳儒大令以先生所著《退思閣詩集》校印徵序于渉，因得受而讀之。其音和以舒，其質厚而茂，蓋得香山、劍南之神髓，而涵養于冲夷以出之者，宜其精神之彌固，而眉壽亦與爲無窮歟？鳳儒博達能詩，有治略，重節概，其得力于家學者多矣。謹叕數言于簡末，以質今世之言詩者，庶知三百篇温柔敦厚之旨，其在斯乎，其在斯乎！

歲在癸酉五月上浣，後學静海高毓渉敬序

① 竺：疑當作“篤”。

序　二

歲癸酉清明節前，晨坐校書，適史君秀含持其尊人右銘先生退思閣詩稿來，云將付梓，求序于余。余不文且久荒落，其奚以云？第秀含爲前農務學堂同學，呼余爲師，論交垂卅年不衰，其仲氏鳳儒學士，又與余交最篤，伯仲俱能詩，諗係得自鯉庭者，則先生深于詩可知矣。

先生年八十有八，同治癸酉登賢書，今論舊例應赴宴鹿鳴，且秉鐸保陽、衡水等處有年，案牘不勞，學問益邃，則其以詩稱也，直緒餘耳。至罷官里居，教養五子均能成立，乃得肆力書史，如是者又有年。今有子供菽水，又留一人理家事，故能專意養生，從容吟咏，起居出入無往不適，則其爲詩也亦適而已矣。適能壽，壽以詩。余每嘆壽最難得，而壽能工詩之尤難得也，其能已于言耶？乃爲之辭曰：

紀文達後，邑有詩人。壯膺鄉選，名厠縉紳。中年秉鐸，師表人倫。燕山五桂，負荷析薪。今登大耋，獨有千春。即時賦物，對景寫真。積久成帙，付之手民。余論古來之專門名家夥矣，其以詩致壽，壽而能詩者，一代曾有幾人？竊敢易前賢之言以頌之曰：彼以其才，我以吾仁。

通家後學高陽李兆蘭拜讀

序　三

貧，苦境也，詩亦苦境也。詩人之詩，吮墨濡毫，求紙上一字之工，至于攢眉終日，非苦而何？然非以爲苦而爲之也，往往樂在于斯，即古人陋巷之瓢，遼東之帽，服食如是，其自視常充然，無不足之形，何嘗以爲苦哉！善乎揚子之言曰：兹苦也，兹其所以樂也歟？是故貧可樂也，詩亦可樂也，貧而能詩，樂更兼之矣。吾師家素貧，性喜詩，有作輒以示人，傳諸其徒。其徒齪齪者，誤會以爲詩而貧也，相戒以勿學，故能傳其詩者卒鮮。師蚤歲賢書大挑，以教職用，司鐸衡水縣垂二十年，其間吟咏以郵筒不便，久不獲頌其詩矣。癸卯之夏，膺大吏卓薦，自任所至保陽領咨赴引，數閱月，事竣，得詩若干首，都爲一集，濱反出其編，受而讀之，凄然似秋，暖然似春，如某某者，滄桑之感，即事而作也；某某者，瞻天仰主，榮幸之忱，發抒忠愛而作也。他若懷人之什，對客之吟，莫不境遇而情留，語長而心重。以師弟睽隔之久，得與晨酬夕酢，送抱推襟，固已相視而笑，莫逆于心，况斯編之忻賞也哉。雖然，吾竊嘗怪當世之馳驅周道，儤值彤庭者，日不知幾輩，彼獨無所興感，然往往受金谷之罰，徒鰓鰓焉，以詩人窮而後工之説相訾警也。嗚呼，若而人者亦有此樂乎，否乎？然則斯編也，亦足以豪矣。時光緒二十九年癸卯嘉平上浣受業張潤序于春明客寓之澄心觀理齋。

題　詞　一

自鳴天籟寫天真，信手拈來妙入神。聞道和平能養壽，頹顔皓髮一詩人。

趨庭憶在常山郡，習見郵筒數往還（先君子司鐸正定，君時仕衡水，曾有詩贈答）。手澤至今半零落，親幃回首爲摧顔。

初日黌宫照蓿盤，儒官風味足晨餐。歸來林下無多物，短榻支頤對夜闌。

兩村相望一牛鳴，三徑居然對月明。自有通家情好在，多時坐對話平生。

朅來歲月任婆娑，世事由他逝電過。唯有閑情銷不盡，霜晨雨夕一吟哦。

諸郎才氣并無儔，手定吟編付校讎。更喜白眉最超絶，奇芬播入選詩樓。

世愚弟紀清卲拜稿

題　詞　二

維中元甲子第一甲末，歲在昭陽作噩，乃吾夫子右銘先生癸酉科後第二癸酉也。秀含世兄等將以夫子所着《退思閣詩集》彙刊，以娱親心而傳久遠，抄稿見示并屬題詞。竊思舊時耆彦，每届科舉重逢，應有重賦鹿鳴之盛舉，而今是時則戰艇飛天，炮石動地，豺狼滿路，罔兩晝行，黄鍾久已毁弃，古調誰與同彈？以吾夫子之天年頤養，久爲逍遥物外之游，儒素家風，常有詩歌吟咏之樂。稽攬揆之歲，將近九齡；溯鄉舉之年，已周六甲。雖國闕上庠之禮，幸田園猶未荒，而句有擲地之聲，與金石以并永。鼎彝典重，不殊魯殿靈光；桑梓敬恭，詢屬吾鄉人瑞。濂欽惟父執，與哲嗣伯仲之間，緬想皋比，乃晚學弟子之列，鴻篇循誦，驥附傾心。拜賦二章，聊佐嘉賓旨酒，願書萬本，同賡昔日霓裳。

大典掄才爲得賢，孝廉鄉舉漢時傳。緬維同治中興世，正是先生應辟年（昔者科舉尚存徵辟遺意，故旗匾頒給銀兩赴試，備以公車，禮如此優隆者，以國求賢不得不爾）。佳話記攀蟾桂窟，歌詩應賦鹿鳴篇。後公卅載登科者，今已繁霜滿鬢邊（公以癸酉年舉于鄉，濂以癸卯年登第，相距正三十載，今六旬有二，已兩鬢成霜矣）。

耄耋吟詩興更濃，福躬真是後雕松。及門桃李飄風籜（先兄瀛州、鏡蓉、式僑諸公皆公弟子，與張春暄孝廉兄弟先後物故），滿院芝蘭侍杖筇（哲嗣五人，均甚秀發）。曾見國中驅虎豹，又驚海外起蛇龍。老彭生本當平世，歷劫滄桑盡在胸。

晚學生張濂拜呈

題 詞 三

高懸南極一星明，萬劫叢中度此生。得第早登蟾桂榜，計時又遇鹿苹笙。廿年冷署司風月，幾卷新詩寫性情。更喜傳家衣鉢在，父書能讀各成名。

姻愚侄楊籙之拜題

自 序 一

庚子之變，聖駕西巡，余以時事如焚，不敢顯言當道，詩以見志，等微蟲之鳴秋，共得若干首，名曰：蟲吟小草。既無憂國憂民之策，有愧餘生；聊成論將論相之詞，待評健者。壬寅秋，游汴還轅，摘録舊作以志感，是爲序。

自 序 二

壬寅舉行順天鄉試，借闈河南，余奉識認士子差赴豫。去馬來船，凡所經名勝及汴京古迹，舊雨往還，類皆記以鄙詞，自抒所見。旋署後，閑録前咏，庶隨時展閲，不啻佳境重游，因名曰：汴游雜咏録。非敢以詩自詡也，亦聊志不忘之意云爾。

自 序 三

癸卯暮春，晋引過保陽，因補備公文，羈留五十餘日。五月下旬，始由鐵路抵京。投文後，寄居尚舍人寓中，嗣舍人應成君西席之聘，余儼然寓中主人矣。閏午下旬驗到，七月二日演禮，四日赴頤和園引見畢，仍以教職用。憶自桃城整駕，四閲蟾圓，其間游觀名勝，酬應歡場，以及舊雨停雲，感懷即景，類借詩以寄意，囊無奚負，筆有兒隨，共得俚詞若干首，名曰：晋引詩存。非敢謂驪珠之得，亦聊同鴻爪之留耳。

自 序 四

余癸卯歲晋引。秋七月，遇趙州牧雲遲吴公于京都萬慶樓前，桃城令也。一别三秋，談今述昔，知樊輿之應變，峰等飛來；幸慶陽之榮遷，竊①同行樂。因邀閲州卷，即慨然應之。八月初，抵衡。九月朔，赴趙。試畢，歡留十日，把酒論詩，洵庚子後第一快意場也。小住爲佳，盟無分夫新舊；多情非累，迹遍訪乎古今。贈酬多急就之章，慷慨寄悲歌之意。即此豹窺斑管，吾欲云云；敢同鳳造高樓，聊復爾爾。吟成客館，休論島瘦郊寒；收入奚囊，遑計元輕白俗。詞編册子，筆命瑄兒。玉尺妄操，桃李羡梁公選擢；銀毫學舞，芙蓉欣謝守吟哦。廿一章得遂蟲鳴，三十日何嫌馬足。捻鬚笑我，噴飯供人。如云才矜擊鉢之奇，韵鬥闈爐之險，則褒之適以貶之也。時在趙，咏多趙事，故名編曰：趙州吟。光緒癸卯十月蔗園氏識于桃城學署。

自 序 五

蓋自詩學沿流，體隨代异，風雅選騷之旨漸失其真，和平中正之音終由乎志。余于詩，幼而愛之，長而習焉。第以識慚豹管，學陋牛涔，不敢專仿名家，别思樹幟，聊藉微吟小草，見寫拘墟，工拙不計，惟求自適而已。雖囊投有句，無孫興公

---

① 竊：疑當作“竊”。

擲地之聲；而稿笑重看，有宗少文卧游之趣。凡所遭逢之境，游歷之區，變閲滄桑，塵驚戰伐，無不筆之于詩，以識一時之感。由今思昔，數十年得詩若干首，彙爲一編，名之曰：退思閣詩存。噫！既效東施之颦，又遑計方家之笑乎！是爲序。民國十四年歲次乙丑季秋下浣，八十一歲老人右銘氏識于退思閣之南窗下。

卷一　蟲吟小草

古　鏡（同治辛未）

閱遍人多少，真形欲遁難。妍媸總無語，還令自家看。

自　遣

生世須行樂，休悲歲月增。詩吟杜工部，書法趙吴興。飲笑醯爲酒，談欣帶續燈。矜平兼躁釋，不遂筆端蠅。

對　菊（壬申）

不逐繁華艷小園，獨開霜徑傲常存。賞花有癖曾携酒，謝客無心亦杜門。佳色自堪消白晝，淡情相對到黄昏。香生晚節真難匹，容我閑身一寄藩。

哭樹棻侄

風雨鴒原十年春，幸留玉樹慰清神。阿咸又向窮泉去，再到竹林少一人。

有　感

書劍風塵西復東，雪消那得認飛鴻。開編尚論求知己，贈縞相逢亡是公。素履當期于水監，碧紗休笑爲詩籠。三年不舉嘲凡鳥，一旦冲天豈衆同。

應試北闈次韵劉芭田餞别之作（芭田名澧，大城茂才。癸酉）

中元月色正盈舠，帆小風輕水半篙。一榻君懸孤客館，五魁我願列仙曹（同舟五人）。逢年遇合飛鴻羽，自古文章喻鳳毛。報道是龍能信否，知人雅鑒憶山濤。

午橋表兄以詩集一卷堅請删訂，詩以自嘲

（房午橋名元熙，喬爾莊人，本邑茂才）

捧讀琳琅自不群，騷壇拔幟孰同君。笑余未得成風妙，也向郢人學運斤。

吴侍御可讀挽詞即次其絶命詞韵（光緒元年乙亥）

請纓夙志枉懷終，一死雖愚不愧忠。送往遲隨先帝駕，報恩幸托梵王宫。立朝疇凛冰霜戒，遺疏光真日月同。骨傍惠陵原有意，他年風雨庶來東。

哭宋陶庵（陶庵名金鎔，鐵甲營人，本邑茂才。丙子）

裁紅剪翠向誰論，泪灑西風酒一樽。乍報星沉疑是夢，真成羽化復何言。莊生曾作無生論，宋玉難招大漠魂。君入紫清可回顧，白頭二老撫孤孫。

丁丑春卧病都門愈後作

悔作探花客，征途冒苦艱。惟憂勞父母，有病憶家山。方寸昏明裏，存亡呼吸間。回春逢妙手（楊鵬舉來診），梓里得重還。

金仙寺觀虹（寺在妙峰山上，雨後觀虹，其脚下垂，去地數尺，遥村相映，如隔綘綃，極飄渺虚無之致）

百丈虹飛結彩橋，下垂兩脚插山腰。隔綃村落疑仙界，不是吴玄筆漫描。

妙峰星炬（每年四月廟會，香客蟻聚，夜半下山，人手一炬，自麓仰視，若落星然）

禮佛歸來寶炬燒，峰旋路轉影飄摇。回頭忘却游仙侣，疑是繁星落九霄。

悼　亡

椒花知獻頌，不悔嫁黔婁。七載荆釵折，孤根梓樹留。遺音猶在耳（用潘岳句），有夢溯從頭。寄語重泉下，鞭蘆莫繫愁。

底　事

底事匆忙傍鏡臺，羅裙稱體手親裁。采蘭不盡游春興，姊妹重游禮佛來。

僧窗不種美人蕉，怕惹塵心未盡消。誰倩新妝村婦女，瓣香偏近戒堂燒。

懷張生浴堂、式僑昆仲

（浴堂名沂，一字鏡蓉。式僑名潤）

曾記當年説法臺，臺邊桃李手親栽。春風一别經三度，到得花時自溯洄。

憶　兄（戊寅秋日）

花蕚相輝共一樓，而今竟作水分流。身如蓬轉兄何處，心似蕉抽弟感秋。詩讀鴒原增舊恨（余年十三，長兄已故），書思雁足益新愁（二兄出游年餘，未有音問）。夢中入侍情猶昔，同著斑衣娱白頭。

蟲 蝕 筆

新將軍作故將軍，豈是無心述典墳。試未及鋒傷羽翼，教他何恃助烟雲。

寄　內（庚辰）

荏苒光陰一指彈，征輪誰倩駐長安。春風春草都成夢（禮闈報罷），秋月秋花不忍看。懷遠想成新錦字，多情還倚舊闌干。寄言好慰萱幃意，莫向萱幃説客難。

和王静庵移館村西小園原韵

（静庵名乃銘，會頭村人，本邑茂才。辛己①）

羡煞鶯遷卜草廬，三層樓閣异陶居。青山當户何妨遠，翠竹編籬不碍疏。榻畔一壺元亮酒，案頭幾頁右軍書。此中片席誰分得，觀海方知嘆尾閭。

---

① 己：疑當作“巳”。

憶　　舊（庚辰秋，余自都門旋里。王子剛回津應試同行，同年楊舍人蔭樵在前門外重陽樓爲余等餞别，持螌①把酒，豪興欲顛，忽念及古人“菊酒蓬飛”之句，又不勝興盡悲來之感，曾幾何時，重陽又届，撫今追昔，愴然而作，并呈二公）

縱教把酒不成狂，地角天涯各一方。寄語諸君猶記否，重陽樓上作重陽。

驪歌曲唱最銷魂，菊酒蓬飛句共論。一向津門一歸里，文星終傍紫薇垣。

慰　古　藤（歲辛巳，余設帳高龍華館中，有古藤一株，爲頽墻所壓，曾吊以詩，後復無恙，因賦以志喜）

驚破花魂否，居然小劫年。多情詩再續，無恙月重圓。巢覆仍完卵，桐焦更著弦。能存終幸免，莫復誤攀緣。

母親壽日作

又到稱觴日，思量倍愴神。昔年兒上壽，賜着彩衣新。

---

① 螌：疑當作“螯”。

蘆　簾

一自秋高别荻洲，便隨草閣畫圖留。亦能籠月逢青眼，不用臨江怨白頭。清簟恰宜人對奕，濁杯還喜客傳籌。有時若捲西山雨，豈讓珠簾獨上鈎。

寄懷午橋表兄（壬午）

雲樹無端觸别思，新年還補舊年詩。感君頗有憐才癖，爲我殷勤借一枝（客歲代借僑居之所）。

余有意僑居，吴壽仁願假西院，詩以志謝（癸未）

廡下欣容我寄身，伯鸞從此得芳鄰。行携妻子休云累，裝有詩書詎算貧。上苑遲看紅杏色（今歲春闈，服尚未闋），短垣不隔緑楊春。獻君一語君應笑，逢着西風莫障塵。

三月僑居于東翁李曉帆處即事

小小茅庵短短墻，春風入座勝荀香。竹枝吟罷時留稿，榆莢飛來欲助囊。燕爲定巢頻送語，鶯欣出谷迭調簧。觀魚更有濠梁樂，忘却他鄉與故鄉。

肩及居然賜也墻，家無别況有書香。待沽權作玉藏櫝，脱穎誰知錐處囊。斷我愁絲雙燕剪，砭人俗耳一鶯簧。浮生若夢達觀語，休向糟邱覓醉鄉。

書懷二首

書劍勞生久，今真館作家。夢成仍故國，身滯即天涯。坐對一詩卷，行看千樹花（村外多桃李）。無言衆桃李，梁府可同誇。

奚用離群嘆索居，他鄉故國等蘧廬。遇當坎坷聊觀弈，人到窮愁益讀書。裘帶每懷羊叔子，琴樽不羡馬相如。挈來眷屬游仙似，古有劉剛今有余。

呈紀師印泉（師印鉅洵，周家村人，文達公裔，本邑貢生）

琴鶴輕携别梓桑，地雖非遠亦他鄉。家無斗石饒清福，行帶詩書异俗裝。樹近音聲新院落（寓所有槐三株），花開及第舊門墻（故宅有杏一株）。最關情是春風座，師弟真如天一方。

自去歲内人得一顛症，今差愈，口號自遣

險阻艱難奈我何，每當對酒輒高歌。山妻顛語悲兼喜，勝似東坡説鬼多。

立夏前三日偶成

久避錢神貴，囊空不待傾。屋茅悲杜甫，衾布質陽城。乞米年來帖，調梅夢裏羹。安貧本吾志，破硯且謀生。

楊花迴文

飄飄惜別此長亭，過客征衣着色形。橋撲飛花晴遠近，箔黏淡質影瓏玲。嬌鶯織素棉生樹，巧燕銜泥絮滿汀。描寫任人詩句覓，銷魂竟化一池萍。

惜　春　詞

揚州三月路迢迢，鶴背尋看廿四橋。鄉夢竟隨花夢破，詩魂還共絮魂消。燕商舊約情猶戀，鶯餞前程韵不嬌。記得去年春事盡，未曾腸斷似今朝。

寄王元甫并柬静庵（元甫工書法，静庵之叔）

一別清神兩月餘，夏弦春誦近何如。羡君好似巢居鳳，笑我真同轍涸魚。交有古風原貴淡，情深舊雨轉嫌疏。望携小阮輕移玉，花徑朝朝自掃除。

印泉師得愚山張先生書，余就觀之

聞説還雲到講堂，不勝驚喜欲成狂。三千里外關心切，五六年中别恨長。蒲善稱良曾慕仲，麥歧有頌盡歸張。索書先問平安否，再讀珍珠字幾行。

集閑邪公帖字成書懷二首

三十餘年事，渾同下水舟。遷居今半載，望月幾登樓。此道非無主，西風又至秋。黄金臺自古，爾室切藏修。

古今不相及，時讀古人書。往事知千載，潛修愛獨居。官宜行有鶴，家可食無魚。凡事皆前定，平心聽太虛。

紀　夢（甲申荷月六日，夢遷居于文廟後半截巷中間，北向東鄰王姓，門首有金字堂牌，意以爲王狀元之孫居焉。宅被杏壇之蔭，鄰餘杏苑之芳，心焉羡之，遂成“居安聖人宅，鄰近狀元家”之句，覺後足之）

自有鶯遷樂，誰知夢裏賒。居安聖人宅，鄰近狀元家。春滿池邊草，祥生筆上花。他時徵信否，珍重且籠紗。

送蓮池書院講師張廉卿先生旋里即次留别原韵（戊子）

敬奉一瓣香，春風坐六載。幸蒙不我弃，俾得瞻丰采。桃李列門墻，雨露滋蓓蕾。諄諄教無隱，蒸蒸觀頓改。方樂薪火傳，孰意歸纜解。此去反何時，引領深盼睞。性道未得聞，徒事掃與灑。趨承慕淵博，學海百川匯。名共山斗齊，開館競相待。先知覺後知，革新面如頮。春風容點瑟，定多感與喟。形隔神爲馳，何曾限山海。高堅切仰鑽，道自前後在。地雖燕楚分，猶然一堂内。

附廉卿先生留别原作

自我來畿南，奄忽今六載。顧惟顛木孽，謬當葑菲采。我誠慚朽株，君等競蓓蕾。枝蔓相榮枯，戀慕不可改。乖合苦不常，歸纜忽將解。征鴻念儔侶，欲去猶回睞。矧與二三子，别泪忍一洒。離腸等九迴，糾若漼淵匯。萬古聖與賢，曠世不相待。神合形終睽，志士涕如頮。幸得并世生，在遠亦何喟。人生天地間，有若桴浮海。波濤一衝激，誰能知定在。努力追前修，九州猶庭内。

落　齒（己丑三月八日）

磋爾長辭却爲何，每期石漱共烟蘿。欲勞意匠營來日，奈損牙軍逐逝波。四十餘年供咀嚼，兩三個月頓消磨。從知命薄皆如此，富貴空憐去後多。

辛卯仲秋，吴雲遲大令權篆棗强，邀閱試卷，十五月下書懷

揮毫甲乙掃閑愁，華艷三春實九秋。真贋自分還自笑，顔標錯認魯公不。

風檐寸晷覺匆匆，奪錦標歸一日中。西漢文章聲價在，前推司馬後揚雄。

清風朗月桂花時，選卷焚香卜信疑。獻策可曾逢董子，成章未必得陳思。

結得三生文字緣，霓裳許聽大羅天。玉珠肯向波中闕，一折成方一折圓。

賀吴雲遲大令權篆冀州（辛卯冬，吴令奉委護理冀州，數日即行回任，雖爲五日，京兆實亦九牧，馳聲亦可賀也）

花種河陽縣，榮兼剌史符。行春人擬宋，飲水共推吴。澤厚流漳水，名高振信都。休云盛難繼，格物筬中孚。

辛卯長至同年燕覺生過衡詩以贈之（燕名調緯，湖南人）

星軺一路聽和鸞，留作桃城十日歡。我本無才甘守拙，君

當有用且加餐。蓿盤滋味休懷鄭（君有改教職意，故云），花縣栽培定勝潘。五斗何妨腰暫折，好將禄米佐陔蘭。

盥露披吟益作慚（昨曾披閱詩稿），咀含騷選味深諳。題詩縱有花簪杏，叙録無忘酒酌柑。有脚陽春來冀北，關心雲影望天南。更欣召伯循行日，一様棠陰樂頌甘。

謝吴大令贈水晶烟壺

個中花鳥幻疑真，絶技能生掌握春。别有清香飛鼻觀，知君投贈不猶人。

偶閲梅子真、嚴子陵故事，賦詩以志，竊比并柬吴大令（壬辰）

艶説神仙尉，千秋記子真。懸匏慚我輩，諫草愧斯人。迹隱傳吴市，風高接富春。鄙懷微有願，可許共垂綸。

和吴大令感秋詩二章

雁行整整復斜斜，近寺何妨聽暮鴉。去歲如今公退暇，應看妙格仿簪花。

西園忍見蝶雙飛，夢裏姗姗不算歸。三載桃城悲别鶴，泪痕誰共灑牛衣。

吴大令有調交河之訊，詩以爲賀（壬辰）

鶯遷喜爲報春和，能吏由來憲眷多。中水新猷應待布，桃城舊政不忘歌。輪知扶鹿琴隨鶴，珠已探驪盞酌螺。引領惠風勞賜我，鄙懷久未滌澄波。

題耿蔭庭連理玉烟壺

（烟壺雕刻甚工，一翡一緑，成爲連理朋壺，并刻梅花）

漫向朋壺問濁清，摩挲珍重掌中情。鴛鴦共浴波成暈，翡翠雙栖夢不驚。先後可争滕薛長，東西肯背晋秦盟。人間烟火無須食，四壁梅花足一生。

和吴大令初春咏懷四首原韵（時吴已調署東光。癸巳）

杏花時節著鞭行，十里紅塵雨後清。如此光陰如此景，停雲不覺憶淵明。

雪泥鴻爪迹同尋，冷署揮毫感不禁。東望遥天百餘里，每思訪載到山陰。

看燈已過上元宵，貂續羞將寸燭燒。詩韵長隨琴韵轉，永寧政績似漳橋。

未還詩債不妨催，百里郵筒去復回。一日柳條青一日（用成句），聽鸝載酒可重來。

附吴大令静海途中初春咏懷原唱

蕭蕭車馬月同行，映得心清夢亦清。一枕黄粱猶未熟，尋梅踏雪到春明。

舊題詩在壁間尋，冷夜長吟喜不禁。我與梅花同骨格，清寒從未乞春陰。

半輪月上已深宵，祇有心香一瓣燒。但願清輝添夜夜，照人來往過霜橋。

一林楓葉曉霜催，舊館重經去又回。細認青旗沽酒處，明年特指杏花來。

端節前二日，自遣二首，效六言體

俯仰自多樂趣，周旋不羡厚顏。先生里居何處，條山瀛水之間。

曉起半窗晴日，午陰一片浮雲。閑把詩書課子，也同士行習勤。

端陽即事

桃城五載領儒風，秉鐸慚無化雨功。蒲葉又隨螺盞緑，榴花曾妒蝶裙紅（前年午日，在友人處適有女校書數人侑酒）。蔡公辭妙旌娥孝，賈傅才多吊屈忠。潛德幽光須待闡，低徊軼事記天中。

耿蔭庭作富貴壽考圖贈師代題

彈指光陰二十年，垂髫曾記侍丹鉛。鑄顏許入春風座，雕宰容游化雨天。富貴既欣膺疊疊，耄期還欲祝綿綿。畫圖一幅供詩料，品藻如欽絳帳前。

癸巳仲春，孔亦愚大令卸篆進省，賀山長墨儕邀衡紳及余往西關候送，清談徹曉，孔駕始過，戲題（賀印嘉栲，武强孝廉）

柳條長可綰征輪，十月桃城化洽新。筵上燭紅應惜别，橋邊波綠不飛塵。陳遵好客殷投轄，羅友求官説送人。領袖群仙推秘監，清談到曉候車轔。

甲午春日即事

蓿盤供奉冷官身，隔斷宮墻以外塵。榻上琴書窗上月，移情多在古之人。

和吴生肖雲九日登奎樓之作（乙未）

豈獨龍山艷少年，樓頭約賞菊花天。無高不到方超俗，有地能容便是仙。好飲古惟懷靖節，移情今合遇成連。諸公且放題糕膽，昨夜霜林已染箋。

吴大令雪中見訪

不獨河陽一縣花，桃城召杜誦家家。鳴琴已感風中草，得句還籠壁上紗。徐榻高懸容我坐，郇厨屢賜拜君嘉。清談未領懷仍鄙（有失迎迓），冒雪慚勞長者車。

謝吴大令贈蠋雉

惠風拜領下風趨，珍物傳觀興不孤。鳳捏長才時憶宋，雌烹一曲記歌虞。向明有愧燕卿相，博笑還慚賈大夫。助讀加餐承厚貺，負暄願效野人愚。

丙申上元咏劉子政

曾感星精降太虛，杖頭藜火袖中書。傳經有志驕枚馬，識小猶能辨魯魚。灾异寓言憐數上，苦辛勤學慰三餘。人間共放金吾夜，誰與神仙論五車。

東邊澤村觀菊（邊印恩裕，任邱諸生，時居吴雲遲大令幕）

昔我游華岳，喜見玉女盆。携來置几案，移菊培深根。獨具傲霜骨，相賞淡無言。始知隱逸者，不以文章宣。傾壺邀壽客，何必賦偏反。枝柯無束縛，花開任輊軒。間有力微弱，賜杖特加恩。物各還本性，渾噩俗同敦。秋容日相對，勝彼春花繁。默領此間趣，折柬宜開樽。無氈雖誑坐，停雲我思存。出遲臨三徑，髯爲可人掀。

雪後送吴雲遲大令赴河間新任

祖帳筵開玉界中，輪無塵屑袖清風。兩行小隊排驄馬，一路吟鞭指雪鴻。春到瀛洲芳草緑，花開桃縣舊叢紅。多情莫作閑情看，星好須知箕畢同。

覽　　鏡（丁酉正月十九日）

面目雖真借爾謀，少無含笑老無愁。英雄兒女何恩怨，一樣紅顔到白頭。

送吴仲雲之河間乃翁署中

樽前且莫怨驪歌，預兆登瀛此一過。君子館開修竹座，詩經村續采蘭歌。書藏漢代常流澤，蒲繞秦臺不掩苛。异日談山輸海客，令人神往舊烟蘿。

士會歸晋

臣心止水果然真，孥送孥歸共一津。獻地若教無魏客，能言未必使東人。讖深故國非忘晋，謀益新朝豈爲秦。失却智囊空贈策，河濱一誤幾千春。

抱　虛　軒（戊戌春，河間閱卷居此）

茶香鎖院夢回初，甲乙何曾辨魯魚。節比松丸霜在抱，心師竹箭谷同虛。聯吟好趁花三月，問字休來酒一車。軒外紅塵飛不到，關防時憶卅年餘。

亦　吾　廬（亦在縣署）

浮蹤到處即行窩，選卷曾容我一過。亦愛吾廬懷靖節，不持寸鐵憶東坡。素琴聊寄鳴琴意，醒石原隨醉石歌。珊綱宏開高着眼，顏標錯認古人多。

試院即事用吳大令春原韵

敢詡襟期月印川，風清鎖院暮春天。混珠原自多魚目，鼓聲龍門憶昔年。

不到琅環豈作家，書多未見羨張華。笑余老眼朦朧甚，霧裏還尋筆上花。

文場健將敢誰何，十載名山厲早磨。下筆莫輕蠶食葉，撼山輸與岳軍多。

心花怒放恰當春，宋艷班香付手民。莫笑洛陽空紙貴，文章自古裕經綸。

挽石心如

桃城花發共誰看，領袖群仙氣勝蘭（人品爲諸生冠）。香滿桂枝仍戀窟（屢試不售），味如苜蓿待供盤（就教未選）。耗聞昨尚疑飛札（十二月十九猶乘車就醫，二十二日忽逝），論定今真到蓋棺。作主芙蓉縱無恨，應憐泪眼送驂鸞。

和劉箸元姻丈廢石佛寺詩原韵（丁酉）

古寺嵯峨今就荒，空留頑石閱炎凉。表陳諫骨容韓愈，日挽當頭任魯陽。有像何曾頻顧影，無心原不解迴腸。漢唐莫辨殘碑在，慣引車停大道旁（原詩有“殘碑有字迷年代，古佛無言坐夕陽”之句）。

次韵吴大令元旦戲筆之作（己亥）

飯後鐘聲壁上紗，炎凉閱盡髮添華。幸多茂叔盈庭草，還看安仁滿縣花。得句無妨裁錦綉，見知曾説奏琵琶。喜逢元日時晴雪，泥印飛鴻戟集鴉。

叠前韵自咏二首

承恩休問越溪紗，竊羡羊家降緑華。倐脱料應嫌苜蓿，杯盤可共頌椒花。時隨仲武歌梅柳，不學瀛王辱琵琶。所欲從心多是夢，鳳鳴有愧且鳴鴉。

預辦游春障面紗，雲呈糾縵日光華。老妻猶認荒郊菜，稚子先簪杏苑花。偶托蟲吟依砌石，從無鸚語唤琵琶。攻城每恨偏師弱，安得軍聲壯黑鴉。

賀陳瑞軒續弦仍用前韵

撤却仙人障面紗，驚看金質玉光華。才同謝女能吟絮，筆不張公亦吐花。好鳥雙栖宜翡翠，得魚共食笑琵琶。燈紅酒緑鴛幃暖，春夢應嗔破曉鴉。

庭前新闢花畦偶成

花畦新墾舊何如，蔓草根株一樣除。待有香招墻外蝶，幸無人畫壁間驢。樽開芍藥金圍帶，地擬琅環玉簡書。妻子携來容小隱，佐餐更喜摘春蔬。

有　感（并序）

喜聚談，不喜寂坐，素性也。近日追逋剥門絡繹不絶，又未免破寂太甚，因戲吟以自遣，并柬同仁傳觀以博一笑。

春到桃城十看花，寒氈猶是鄭公家。幸能課子田芸已，差勝依人嫁作他。有句投囊遑戒滿，無錢沽酒不妨賒。債臺莫笑凌雲築，得近銀河好泛槎。

再柬同仁二首（并序）

昨稿有作嫁依人之句，致招幕府問罪之師，又戲成二絶以解重圍。噫嘻！債台敵國，立其間而措之裕如者，亦可自雄也。

作嫁依人憶昔時，書城自大擁皋比。寫懷何敢侵疆界，漫動諸侯問罪師。

債台一咏竟招戎，草木皆兵儼八公。淝水若教早輸幣，棋秤誰慕謝家風。

謝吴大令贈花

堂前數本花，灌溉勞晨夕。物猶荷栽培，民誰歌中澤。桃城三去來，應自忘主客。今忽調薇垣，行匆驪駒惜。破浪乘長風，濟艱在斯役。留别感贈花，花比甘棠迹。

邊澤村將北旋，以秋海棠二盆見贈

西風颯颯助精神，數本棠花灌溉頻。春去難留因睡誤，秋來作別覺情真。仙原不俗容凡客，我見猶憐況主人。北去匆忙莫回顧，花開遥爲寄魚鱗。

閲太原行在邸抄有感

數道綸音出上方，普天喜見日重光。燕山雲影飛塵急，一一從龍向晋陽。

感時十四首（原輯《蟲吟小草》中）

恭奉慈輿幸太原，柝鳴虎旅夜更番。綸音責已言皆泪，中外何人不感恩。

雲拂旌旗翠叠關，道旁父老識龍顔。酬恩默祝神京復，李郭無難出此間。

落暉徒自挽金戈，力竭軍前志不磨。莫謂孤忠等孤注，乾坤正氣得來多。

白髮蕭蕭尚佩刀，將軍氣共海雲高。大星忽隕天難挽，作鬼還須賦澤袍。

無計能清外侮塵，皇輿西幸倍酸辛。身騎箕尾歸天上（用成句），不愧蓬萊第一人。

節旄數載擁畿疆，海面風波任簸揚。易卜羝籓艱進退，尚知一死報君王。

訓練空傳備六韜，海光寺北等陳陶。軍前塞責辜難畢，恤典猶邀死後褒。

請纓早歲沐恩波，曾幾何時兩鬢皤。顧盼據鞍翁矍鑠，不教思趙有廉頗。

文臣未可擬韓彭，平日指揮百萬兵。帷幄詎籌千里外，也應自笑作長城。

天運還須日再中，力扶危局論難同。汾陽單騎南陽表，更有何人繼古風。

夙負威名今若何，西巡竟致感銅駝。燕山回首雲仍在，飛近蓬萊五色多。

健將曾宣塞上威，勤王又著舊戎衣。從龍密奉彤庭詔，蹕路塵沙靜不飛。

天時人事近何如，到處焚香拱帝居。豈獨漢家有飛將，諸公亦各奉軍書。

區區原不解戎機，海外塵驚海内飛。荆棘縱生終剪刈，朝來時望翠華歸。

秋日感時續潘大臨句

滿城風雨近重陽，叢菊花開傍戰場。駐輦幾經傷播越，揮戈誰爲振頹唐。疆臣擁節多袁紹，上相籌兵异李綱。北望燕雲西渭水，秋來我欲問蒼蒼。

九日再續潘句

滿城風雨近重陽，華頂持螯意不忘。傲寄東籬懷靖節，序成高閣感滕王。雄才且放題糕膽，豪飲頻澆積塊腸。雉堞遍依開霽後，數聲遠雁過瀟湘。

過 尚 王 墓 (即尚可喜墓，在衡水西郊)

信步閑游墓道旁，豐碑屹立字生光。投誠應幸歸新主，赢得人間説尚王。

牡　丹　芳（時有菊曰粉牡丹，芳茂無比，一株近百朵，爰作歌以寵之）

花中隱逸尊陶家，人間富貴胡足誇。茲名特以牡丹錫，我言其理聽無嘩。此花開殿群芳後，能令貧賤生光華。一本百花何繁盛，椒聊豈徒曲沃嘉。傲霜帶露不驕溢，善守誰復輕烟霞。朝天儻侍東皇宴，還許先封第一紗。

和議久無確音

聞上和戎策，蟾圓倏數更。無辜多慘戮，有命半偷生。縱使輿遷播，休云鼎重輕。書空增浩嘆，天或默消兵。

偶　　作

天地多情困此身，煉鋼繞指豈無因。須知繼往開來者，半是盤根錯節人。

立春前五日

曾聞黍谷律回春，未遇鄒生莫當真。范叔一寒誰念我，伯鸞餘熱不因人。味腴敢詡多文富，情淡方安非病貧。笑秉十年桃縣鐸，談經有愧玉霏塵。

倒叠前韵

蔗園境僻遠囂塵，辭粟原思不累貧。冷署一登無俗客，温書百遍亦閑人。坐揮羽扇懷諸葛，行愛湖山似季真。兒輩裁箋妻進酒，醉毫隨意寫宜春。

辛丑四月，感時次顔蘭舫見贈韵

（顔印德馨，大城名士，璋兒外舅）

也學張衡咏四愁，伊誰擊楫渡江舟。畿疆鼎沸湯彌熱，洋面風生水逆流。荆棘阻行隨在有，干戈滿目幾時休。豚兒空自皆年少，令我依然羨仲謀。

附颜蘭舫見懷原詩

曾級深情却别愁，桃花十里送歸舟。懷人雲樹過三載，到海波瀾起細流。詩酒與君成莫逆，琴書困我感行休。老泉有子皆文伯，貯看雄飛定筆謀。

卷二　汴游雜咏（壬寅秋日）

史　皇　廟（南樂縣北瓮城内）

冠冕莊儼帝者儀，結繩治後字神奇。當年鬼泣緣何事，一着蒲編永不移。

謁仲子墓（在開州城北，祠中古松數百株，大者兩三圍，墓高若邱，陵前有石羊坊，拜謁令人生敬）

謖謖松風捲怒濤，悝王城對仲祠高（墓對孔悝城，故址尚存）。石羊屹屹墓前立，曙色微分鳥尚號。

渡　黄　河（柳園口）

敢謂憑忠信，帆風送渡頭。導河傳萬古，作帶鎮中州。神謁朱黄廟（大王廟），人同李郭舟。無須驚纜絶（將近南岸，忽被急流所衝，纜莫能施，舟下里許，竟穩渡無恙），登岸雨鳴秋（既渡遇雨，赴柳園官店，少憩）。

汴京紀事

不獨騷人感廢興，南游我亦記溪藤。多才自古稱梁苑，好客于今孰信陵。東去河聲無日減，西來山色入秋增。更尋祠宇留連久，北宋名臣附二曾（名臣祠附二曾祠後）。

贈吴仲雲（吴時以知縣聽鼓河南）

三生結契信非虚，岳色河聲接一廬。梁苑重逢千里外，桃城一別兩年餘。知君到館應鶩座（課吏館），笑我長途此役車。東閣宏開成雅集，登瀛更喜慶連茹。

信　陵　祠（侯生、朱亥、枚乘諸公配享，内中復道平臺，頗有可觀）

信陵客館孝王園，復道迴欄酒一樽。後學我來增太息，平臺不吊吊夷門。

登　平　臺

杖佐芒鞋柑佐觴，追尋古迹妄評量。平臺猶是誰枚馬，合讓千秋説孝王。

朱　　亥

力士酬公子，常留史策名。信陵今配享，只爲識侯生。

登鐵塔

十三層塔勢嵯峨，西望嵩山北瞰河。衣到上頭方欲振，細聽仙樂咏霓多。

龍　亭（俗傳宋代宮殿故址）

聞説龍亭屬宋皇，登臨不禁感興亡。前朝宫觀今何在，剩得明湖映夕陽。

雙龍港（俗傳宋太祖兄弟居此，今尚有一石，龍身叠壁中而露其首，未免附會）

僑寓原無定，雙龍信有之。只因留石像，未免使人疑。

游卧龍宫（在宋門内迤南，神座後有趙藝祖卧像，俗傳微時曾在此避難）

飛龍留卧像，一夢近千秋。附會原如此，真王世解不。

過曹門（古夷門也）

南游衣染汴京塵，偶過夷門便愴神。莫道信陵難繼盛，縱教執轡向何人。

謁禹王臺（祠建吹臺上）

訪古樂追陪，驅車到吹臺。敷文光夏土，明德淡沈灾。君咏龍蛇焕（殿後有乾隆御筆碑亭），臣摹蝌蚪來（豫撫劉景韓摹岣嶁碑文五十七字，勒石鑲壁）。拜瞻情未已，欄際獨徘徊。

三賢祠（祠祀李太白、杜子美、高達夫三詩人，在禹祠東）

北馬南船客异鄉，幾人姓字永流芳。千秋惟有詩名重，祠建三賢附夏王。

登白塔二首（城南五里）

古刹荒凉甚，凌雲塔獨留。登臨老猶健，俯視小中州。

絶頂净塵埃，登臨萬象該。下連明道里（程明道故里，今爲書院），東接禹王臺。河水濤聲壯，嵩山爽氣來。振衣千仞上，茅塞一時開。

歸渡柳園口

争渡客喧嘩，登舟少拜嘉。波平方似鏡，浪捲陡生花。默祝中流穩，回看南岸賒。帆收占既濟，前路夕陽斜。

陳　橋

時將孤寡論前朝，病變何曾作解嘲。袖底詔書笑陶穀，至今斷碣志陳橋。

舟過濬縣登浮丘山亭

石欄橋泊孝廉船，到眼峰巒境擬仙。登罷山亭有餘慕，先賢祠宇接嵐烟（山當南門，城即隨山高下，端木子貢祠在焉）。

夾馬營

不獨馨兒博令名，須知衆志可成城。陳橋若却黄袍去，誰識舟前夾馬營。

八月廿八日舟阻風雨

風雨忽來浪打舟，封艙牽纜榜人愁。須臾雲散日光出，掀席露頭客似囚。

泊武城見乞人曳刀

舟泊弦歌地，未聞弦歌聲。但見人曳刀，乞憐尚不平。怒向柁師辯，云觀舉子情。得食登岸去，信爲今武城。

卷三　晋引詩存（癸卯）

發　桃　城

桃城春雨送征軺，路上紅塵軟盡消。風忽捲雲添畫稿，半竿斜日射溪橋。

渡滹沱二首（車陷中流，刻餘方出，時四月八日也）

節欣逢浴佛，驅馬渡滹沱。車陷人無恙，慈悲法力多。

轣轆雙輪走此遭，借滹沱水洗征袍。中流砥柱當如是，休笑霜波上鬢毛。

校　士　館（即舊蓮花池書院）

載酒曾容我到門，念年風氣漫同論。轄投井底情無限，花粲豪端夢有痕。關節昔難通待制，買絲今易綉平原。遍游學舍多新樣，賴此猶能碩果存。

火　　車

塵沙無慮糝征衣，早發樊輿午帝畿。有鼓未遑詳記里，路旁但覺樹南飛。

贈尚舍人逢春（尚名椿我，衡水孝廉，時寓天德南廠，余至京亦借寓焉）

登堂一笑主人賢，招飲宏開東閣筵。名重鳳池君應聘（尚時就館），鳩居我占鵲巢偏。

游國子監二首

雲根琢鼓性非頑，刻畫文成未可刊。秦火燔經不燔石，天留古篆在人間（文廟石鼓）。

國學由來重辟雍，石經碑立聖恩濃。泮池猶是無芹藻，蘆荻蕭蕭送鼓鐘（辟雍）。

夜過交民巷

夾道炬煌煌，驅車幾絶繮。樓臺渾似幻，星月欲無光。哲士憂方甚，行人樂未央。天心應不該，令我感滄桑。

福龍堂讌集

燕語鶯雜歌管絃，聞聲一笑入華筵。看花且莫羞雙鬢，慘緑曾爲昔少年。

立秋前一日，接黄雨薌兄由張垣來書，以詩見贈并朱提六金，依韵奉和，又謝惠一章

香火舊因緣，分襟尚記年。遠游君作客，薄宦我逃禪。投筆胡爲者，無氈豈偶然。傭書與貧仕，是否病相憐。

謝　惠

開緘一笑快何如，佳客朱提到敝廬。更喜秋光隨雁至，無邊煩惱一時除。

傲　奴（尚舍人奴也）

傲奴那得比髯奴，髯與淵文共有無。我縱紀詩亦鴻爪，一尋泥印便模糊。

吏部驗到（閏五月二十日）

九天朝罷下蓬萊，騶從傳呼入署才。升座唱名三謁畢，荀香竊喜袖籠來。

有　感

征衫重染帝京塵，閲世何曾眼界真。有事不須嫌負我，無錢每自嘆依人。

禄徵蝶夢榮頒穀（前有賜穀之夢），名唱鴻臚押畫春。恩報未能休宿怨，一言行恕到終身。

京寓遣悶，柬張生式僑并伊弟仲卿庶常

一從花雨撲征衣，兩地蒲觴客裏飛（前端陽在省城，閏午在京師）。彈指暑消秋又到，故鄉仍恐雁先歸。

宫門待漏綴鵷行，喜覲天顔到上方。班列不教隨熱客（六月例無引見），幸邀餘暇近清光。

寓所有海棠二株，一株結實纍然，時方少雨，葉均未茂，因賦“問憐慰別”四章，以志數月相對之意

問　海　棠

西風颯颯怯涼不，一樹空枝一果留。曾借緑蔭消夏日，花時誰爲上簾鈎。

憐　海　棠

行分姊妹映階墀，非復含嬌嫵媚姿。衣緑縱添經雨葉，晚涼能護幾多時。

慰 海 棠

莫將憔悴嘆形骸，遇着東君花又開。晴日半窗酣睡足，捲簾雙送美人來。

别 海 棠

來時五夏去三秋，枝縱無花也當籌。明歲定多燒燭客，紅妝能否記前游。

贈户曹許生翥梅（研席一别十有五年，今春過保相晤，并預小門生喜筵，到京又招飲觀劇，情意殷殷，詩以志契。許名涵修，清苑人）

彈指光陰十五年，歡游今傍大羅天。户曹原自關民瘼，更羡居仍近昔賢（時居椒山祠後院）。

吏 部 演 禮（七月二日）

天顔咫尺威常凛，入覲時防隕越差。先演朝儀等綿蕞，低聲教語不妨周。

七月三日赴萬壽山

都門西望翠屏多，萬壽山前車一過。雨霽塵清禾滿野，聲含樂歲聽農歌。

四日辰刻頤和園仁壽殿引見

金碧樓臺宛畫圖，勝登中岳聽三呼。殿開仁壽龍顏識，園署頤和虎拜趨。消去塵紅非藉雨，浮來曉翠欲黏襦。湖明峰秀供宸賞，仙境如斯曠代無。

奉旨仍以教職用

朝隨仙侶入宮門，甲乙班排覲至尊。花縣無緣原是命，士林再領亦殊恩。

鴻臚寺謝恩（七月十四）

鳳銜丹詔出宮門，四海咸知天語溫。苜蓿重沾新雨露，謝恩時望更承恩。

戲　成

南北東西逐俗塵，而今依舊冷官身。衛民衛道皆吾任，明月窺窗莫笑人。

事畢南旋

桃城塵接帝京塵，月易蟾園客裏頻。歸路秋風送雲雁，記曾來踏落花春。

回衡過保陽，仍主[①]婁幼樵家

舊寓重來客裹身，匆匆旋復動雙輪。秋風今掃南旋路，夏雨前消北上塵。星聚難禁感離合（四兒隨行，大兒、三兒均在保，一時相合，回衡即離矣），鴻飛那認迹新陳。遥知冷署開荒徑，老役應門待主人。

① 主：疑當作“住”。

卷四　趙州吟（癸卯秋）

趙州城懷古

雄城堞映夕陽殷，南帶洨河西抱山。絲銹平原歌趙士，璧歸藺相笑秦關。苟毛虎僕毫生彩，頗牧龍泉血作斑。慷慨縱教難繼盛，登高一嘯俗緣删。

望漢臺

堅冰倉卒渡滹沱，鄗下雲生五色多。故老不忘王大度，雄風猶起士悲歌。土經酒潤愁能遣，碑帶苔痕字未磨（望漢臺碑銘字尚可認）。我輩登臨勞指點，披圖時憶漢山河。

開源寺石塔（唐虞世南書佛經其上）

古寺今何在（寺久廢），峻峥塔獨存。佛言傳貝葉，虞藻燦雲根。不盡虚空相，都歸斧鑿痕。衆生能度否，筆立自朝昏。

柏林寺

古柏蒼蒼夕陽斜，廢興僧换幾袈裟。浮圖近郭疑招鶴，畫壁生波欲走蛇。附鳳攀龍人榻墨（有虞書攀龍鱗附鳳翼碑），甘泉活火客烹茶（寺後有井曰甘泉，過客多烹茶小憩）。而今無限荒凉意，佛露鐘沈樹集鴉。

廉　頗　墓

英氣千秋凛，朝來驅馬過。鼓鼙聲已死，燕趙士空多。荆負靈常在，碑殘字不磨（墓前斷碣，爵氏尚存）。中原思將帥，謌罷一悲歌。

李左車墓

迹尋廣武郡城西，荒冢殘碑夕照低。妙策若行擒信耳，深謀誰識下燕齊。恒山雲石同終古，洨水橋梁任品題。何處結鄰鄰結佛（墓前即石佛寺），滄桑可否辨筌蹄。

趙忠毅公祠

吏部祠堂今一過，花綱星石尚森羅。名編閱罷留連久（公有手注各書若干卷），如意持來感慨多（家藏鐵如意）。肯使奸邪侵正氣，須知砥柱笑狂波。千秋忠毅人争慕，到此聊爲壯士歌。

安　濟　橋（即俗稱大石橋，上有張果老騎驢仙踪者是）

鬼斧神工第一橋，縱無流水也魂消（水涸已久）。模糊仙迹模糊看，已閱興亡遍六朝（橋爲隋匠李春所修）。

閱試卷畢閑咏，用吴雲遲州牧記夢韵 (時届重陽)

但對黄花飲，何須太華峰。酒澆趙州土，夢醒柏林鐘。道子曾留迹（柏林寺殿壁畫，水波瀾壯闊，極藝術界之大觀，俗傳爲吴道子真迹），將軍不見容（廉頗思趙）。杖藜訪名勝，筆醉興猶濃。

吴州牧以重陽閑咏詩見示，依韵和之

把酒還持畢卓螯，錦囊隨負倩兒曹。題糕有筆無妨醉，願占詩中一世豪。

樹人堂畔菊誰栽（貢院有樹人堂），孀戰花當文戰開（九日試二場故云）。亦仿子雲亦元亮，問奇送酒一時來。

騷客何曾愛菊偏，淡香獨占九秋天。籬邊若改經霜色，誰向花中説白堅。

客持酒更主人持，就菊觴飛麂眼籬。不用登高感萸佩，醉向侯味麯生知。

潘貽南以米元章墨寶示觀即贈

昨入芝蘭室，仍多翰墨香。情移王内史，觀止米襄陽。虎僕天成妙，龍賓夜有光（時在燈下）。吉裘留片羽，未敢過裝潢。

贈靈子暉（名曜，宗室。吴雲暹記室也）

笑把量才尺，隨君到玉堂。大文裁地錦，貴冑仰天潢。容住機雲屋，知分上下床。鹽車慚困馬，鳴幸感孫陽。

贈王秀珊、邊晴浦兩兄（王名樞，四川人。邊名承灝，任邱人。皆吴幕府）

一笑相逢似昔年，開樽重酌菊花天。畫圖神妙今摩詰（王工山水），經笥名高古孝先（邊充教席）。未許驪歌傷往事，且將鴻爪證前緣。諸君莫訝霜添鬢，猶喜詩情老尚偏。

留贈高邑恒階平大令（名泰，詩酒相招，風雅人也）

百里侯門許我過，仙厨不惜錯珍羅。濫竽南郭今無异，投轄陳遵古孰多。箋捧臨風思盥露，句成翻水字迴波。新詩美酒難爲報，且獻雙岐麥秀歌。

和吴州牧咏馬玉昆備榆原韵

中朝修武備，豈爲博虚名。蠢動機難測，狼貪約屢更。榆關移節重，遼水嘆波驚。默祝餘腥洗，懷柔拱帝京。

千　秋　亭 (在鄗南，漢光武即位處)

由來名勝閱興亡，亭號千秋今亦荒。我到鄗南訪遺迹，斜陽秋草憶蕭王。

强　哉　行 (并序)

高邑令恒階平，奉天旗籍舉人。歲庚子宰新樂縣，值拳匪亂起，洋兵西侵，地當孔道，一言觸諱，幾喪身虎口。其堅忍卓絶有過人者，時人偉之，各賦《强哉行》以贈，付梓有日矣。余適由趙過鄗，于瑄兒外舅河間孝廉金韡樓學署見恒公，伊即出是編示閱，并囑貂續，遂不揣鄙陋，率成應命。其辭曰：

板蕩誠臣疾風草，鐵中錚錚國之寶。白山靈秀鍾恒公，至大至剛氣養浩。救時復具經世才，豈第科名騁文藻。操刀初割新市鮮，惡氛忽值揚夷獠。海外塵沙海内飛，風雲變色迷蒼昊。狼奔豕突動地來，大者屠邑小攻堡。巴堯桀酋本天驕(時聯軍酋帥名巴堯)，率獸食人如臨腦。武臣望風作逃將，文官但知禄位保。奴顔婢膝媚凸鼻，叩地有聲頭蒜搗。犒敵日椎弦高牛，酒罄澠淮供醉倒。脂膏不足萬錢費，誰向窮檐恤嫠媪。恒公爲政清且廉，爲民請命觸其惱。磨牙吮血肆淫威，倏見峨冠辱泥潦。盤根錯節古所難，心安休論形枯槁。此身雖入虎口中，夷然視之等虱蚤。義氣猶能動四方，光芒直欲攙槍掃。子餘幸有壺飧從，萬民營救來襁褓。舌人重譯能回生，虜酋始知鐵漢好。一日下齊七十城，見此强項恨不早。吁嗟乎！豈不能爲遠與巡，豈不能師真及杲。彼一時兮此一時，古今不必同懷抱。明堂和義草初成，老母在堂鬢初皜。違君弃親皆不忍，忠孝兩全在中道。身經憂患志不降，終勝向人生活討。强哉之聲溢中外，我今爲詩適在鄗。亂離已過談猶驚，疑有風雷護詩稿。一腔忠憤藉此傳，何必超騫膺上考。

日俄戰起，有以奉北遼西爲戰場之説感賦（甲辰）

東海風衝西海波，落暉代爲挽金戈。遼西地假沙場闊，水上軍排戰艦多。且偃旌旗防鐵騎（日本照會須置兵隊于要塞以防敵），未須荆棘感銅駝。相持鷸蚌漁人利，千古如斯今若何。

次韵黄小宋觀察贈日本教習楠原正三詩二章

莫謂中華俗囿鄉，也知農業法東洋。心靈别著康田譜，學講欣聊風雨床。嘉種每求宜冀土，向陽且喜近扶桑。豳圖收入詩囊裏，教稼亭高咏晚凉。

仙鄉多傍水雲隈，萬里波濤穩渡杯。破浪知從臣外想，御風原自日邊來。漢家明詔因周禮，晋國齊盟借楚材。三島欲歸歸便得，江南作賦未須哀。

癸卯除夕用劉儀卿韵

沙量無盡是恒河，莫把流光嘆逝波。得失須知塞翁馬，功名不戀木蘭駝。春生玉橱庭階秀，寒耐蒼松歲月多。夜酌屠蘇漢書下，樓船喜閱曜金戈。

甲辰三月咏碧桃（庚子歲，吴仲雲贈碧桃二株，余以桃核種階下，轉瞬之間又成樹矣）

碧桃學種露華清，花映階前樹又成。人面相迎春一笑，精魂合證石三生。郎逢執戟休偷食，漁再携舟莫誤行。扶我更欣枝作杖，祝鳩獻壽佐飛觥。

補癸卯閏午讌集張生式僑京寓芙落[1]樹下（并序）

是科，式僑之弟衆清新得館選，以閏午日宴客于京寓芙蓉花下。余適晋引，携子瑄同行，得并預斯會。座中有李明府平符、王茂才篤生諸人，及式僑昆仲父子。斯宴也，師弟、父子、兄弟、叔侄、戚友咸聚一堂，亦一時佳話也。爾時，惜闕詩志喜，今成七律一章以補之，并以春捷望式僑亦出藍勝藍之意云爾。

憶聽霓裳咏大羅，蒲觴再酌洗紅螺。芙蓉花發輝棠棣，桃李陰濃蔭蔦蘿（李、王皆式僑姻亞，王又受業于式僑）。滿座芝蘭凡客少，通家橋梓德星多。駒光又近端陽節，瓊宴還期爾一過。

---

① 落：疑當作“蓉”。

紀　夢（甲辰四月十九夜，夢同十餘人騎鶴閑游，一時千里，因翻古意，得“但能騎鶴揚州去，不用腰纏十萬錢”二句，醒後吟七絶以成之）

勝是東坡夢羽仙，御風一樣善泠然。但能騎鶴揚州去，不用腰纏十萬錢。

五月念六日得式僑和章仍叠前韵却寄

門非廷尉亦張羅，入室兼無女幻螺。我豈餐甘供苜蓿（癸卯晋引，仍用教職），生胡夢屢應藤蘿（來詩有“又尋昔夢到藤蘿”之句）。農山劍戟言空在（生與其兄浴庵同問字于余。兄弟本雙生，乃浴庵以廩生早歿，今忽廿餘年矣，故來詩又有“廿年棠棣愴懷多”之句），東裔烽烟警忽多（烽烟東裔接歐羅，亦和句也）。種種疑團何處决，周家内史每懷過。

六月二日同盧雲峰、劉子端諸君登衡水舊城古塔

城爲村落塔崚嶒，我輩登臨感廢興。訪古已知更六代，幾人衣振最高層。

舊城王錫三招飲觀劇，座有王桂南七十九歲，及王華齋六十九歲，二公叔侄行也，精神健旺，詩以爲志并柬錫三

觀劇兼陪東閣筵，清談復遇竹林賢。桃城匏繫誰知己，半日流連亦夙緣。

栗仲華賜蜜桃

清香外溢蜜中含，惠領仙桃不算貪。漫笑東方曾竊食，願隨逸少也分甘。白垂秋實銀千樹，紅落春花雨一潭。有味無須回始覺，餐餘時助晋人談。

有　感（甲辰秋，議裁佐貳教職，衡水訓導亦在裁撤之列）

天時人事莫相猜，智慧原從困頓開。咽石有泉多動聽，停琴待月不須催。碎碑休訝雷驚過，失馬曾經駿引來。飲啄亦皆由夙定，菊籬且洗舊樽罍。

桂秋已過菊秋來，新政頒傳畿輔才。供職笑如齊婿贅，成章得被聖人裁。談經香不留三日，問字車應少一杯。影息蘧盧非黍谷，縱無吹律亦春回。

别門生

敢將桃李擬公門，一被春風四座温。十七年慚司木鐸，二三子樂載花樽。鹿尋今醒迷蕉夢，鴻去空留印雪痕。前路轉欣風遇順，文通多事賦消魂。

别同城

諸君愛我漫牢騷，時局傾談興倍豪。縱使先鞭無祖逖，也應犒敵有弦高。富强是尚真三味，留去何關此一遭。日盼奇才靖中外，奇功奇計紀兵韜。

芝蘭座每領餘芬，愧少珍珠句贈君。未免有情新舊雨，無多可惜寸分陰。倦飛暫作歸林鳥，適意還爲出岫雲。竊望加餐齊努力，慎心以外是清勤。

九月下旬政府議駁裁汰

笑看世事等飛塵，天地蜉蝣寄此身。得失何常仍故我，去留無定或因人。恤儒一疏競傳夏（聞某侍御奏請緩裁教職，以恤寒儒而重師道云云，或云爲夏侍御），廣厦千間都是春。雨過霽開風力息，藻芹依舊色生新。

慰　諸　生（前吟留別之章化爲烏有，亦咏重來之句恍人玄都。天耶？人耶？詩以奉慰）

雨覆雲翻莫浪嗔，離筵成幻會成真。寒氈自分難留鄭，奏疏誰知代惜恂（寇恂曾爲河内太守，後百姓願借寇君一年，今諸生不欲余去，故借用之）。室有芝蘭重結契，泮多芹藻更逢春。舊游花徑親爲掃，好證三生未了因。

冬窗自咏用詹仁甫韵

跳丸日月静中看，不逐人歌行路難。得失一憑塞翁馬，閑將屈宋作衙官。

和粟仲華留别原韵

徑花時掃每躬親，詩酒流連不計旬。罰爵我多浮大白，歌驪君更譜陽春。文能鳴世孟東野，仙許還山梅子真。立馬漳橋橋畔路，霜痕也爲浥清塵。

司徒西爾（旅順被困一年，援絶矢盡，俄師司徒西爾降，亦鐵中錚錚者）

將軍亦負斷頭名，旅順支持歲一更。水陸圍攻勞日師，兵糧急告枉俄京。鴻毛何惜甘先死，虎口須知脱衆生。降將縱教慚馬革，有人如此也光明。

喜　雪

陡築瓊樓絶點瑕，袁安高卧興彌賒。多寒知戲天公玉，六出時飛上界花。流水無聲山續夢，尋梅有迹竹迷家。諸兒來幸先三日，未得霏霏賦役車（瑛、璋兩兒皆雪前三日來）。

芭　蕉（乙巳）

天緑宜人暑不侵，總教蔽日也無心。夜窗聽得瀟瀟雨，又展明朝幾尺陰。

閲衡水試卷示諸士子

金粟重來亦夙因（閲卷，假袁昆和閑章，文曰“金粟重來”），感云老馬識途真。爐中芋熟分嘗慣（閲衡卷今六次），竈下桐焦人選頻。細辨瑕瑜難割愛，耻居前後易生嗔。諸君聞得天香否，無隱何妨偈語申（署内有桂數枝）。

謝俞芷盟大令送閲卷金

鎖院量才刻燭深，模糊老眼負知音。秋風十日應多怨，有愧公侯潤筆金。

送春迎夏（丙午）

星鬢蓬鬆逐日添，炎凉閲遍等塵纖。莫嫌錦綉留難住，且喜清和閏又兼（時閏四月）。鶯奏笙簧歸耳後，蛙排鼓吹到毫尖。送迎忙處閑仍在，六一吟髭仔細拈。

擬和黄小宋赴河南留别原韵

自返東游棹，農桑仰指南。有秋明月滿，觀稼夕陽酣（黄曾監督保定農校，校内有有秋樓、觀稼亭）。郭泰登舟日，汪綸①送客潭。賢勞詩屢賦，宦味久深諳。

别墅築中州（黄在豫曾與其弟共築墅城外，顔曰“怡怡”），怡怡舍額留。兩頭同屋住，三島憶瀛謳。易地襄新政，聯床感舊游。桑榆信非晚，所至建嘉猷。

垂天翼重展，莫嘆路多歧。君有陽春脚，人懷芾舍詩。大庭知可用（曾蒙朝奬，人尚可用），小事不妨痴。左右原無愧，臨風賦似之。

幾盥薔薇露，才華富左思。句重吟去去，行不礙遲遲。河水心同壯，嵩雲情自怡。登臨有餘興，莫忘寄新詩。

① 綸：疑當作“倫”。

假袁昆和京蚨八串支俸歸趙戲贈

阿堵無知物，醫貧效最奇。呼周誠急急，歸趙敢遲遲。鶴俸頒來日，蚨飛旋返時。八千歌凱奏，應唱濟燃眉。

吊潘烈士

東游回柁泊仁川，慘睹三韓心欲燃。烈骨難埋世間土，精魂願補海中天。痛深亡楚誰懷屈，義不帝秦君慕連。英氣更留遺像在，廉頑懦立一時傳。

立　　春

花甲初周又屆春，柏銘椒頌歲頻頻。世炎竊笑官爲冷，學舊偏逢法變新。罕見立身成鐵漢，驚聞滴泪説銅人。葉公龍好今皆是，四壁雲飛總异真。

憶登濬縣浮邱山亭（壬寅秋，余奉認識士子差，赴汴事竣，買舟回衡，過濬縣登浮邱山亭，峰巒秀麗，樹木葱蘢，宛然畫圖，曾賦詩一章，載《游汴集》中。今歲，瑛兒奉保陽農務局命赴浚，充農業教員，又賦以志之）

回舟曾泊石欄橋，一上山亭萬象招。河水前横通北直，大邳左峙映中條。先賢祠宇馨香久（城内有端木夫子祠堂），古郡黎陽戰氣消（浚縣即古黎陽，前代屯兵據倉多在于此）。兒輩勸農來此地，豳風圖向壁間描。

吊　　菊（菊芽數種，爲雙兔所食而濯濯矣，詩以爲吊）

濯濯傷山木，誰知菊亦然。兔來花夢厄，龍去壁疑穿。蕃免强留後，薪期積勝前。重萌春酒祝，灌溉使人憐。

丁未新正九日，夢中得詩二句“得閑隨立影，無罪此餘身”，醒後續成

莫笑囊羞澀，簍羅不算貧。得閑隨立影，無罪此餘身。桂子趨庭過，蘭孫問字頻。情移花鳥外，煦煦滿堂春。

十九日諸子赴保陽登車分往京豫（樹瑛赴浚縣差次，樹璋赴京師大學，樹瑄赴京警校）

前程期遠大，幸异景升兒。行雁分南北，雙魚達孝思。途遥憐負米，署冷樂含飴。轉瞬圖消夏，歸家尚未遲。

升選保定府教授留别桃城諸知己

忘却他鄉與故鄉，桃城念載感流光。鴻飛難禁踪迷雪，鵲報重來鬢有霜。新學後生皆選士，舊交幾輩尚爲郎。薇垣得近天恩重（俸滿保薦引見，仍以教職用，得選今職），仰慕蘇湖愧瓣香。

赴任保陽，賀墨儕、馬仁趾兩兄慷慨饋贐，賦詩志謝并留別（馬印景麟，衡紳）

論兵説鬼仗多聞，記得傾談每夜分。舊雨昔曾欣聚首，晨星今竟感離群。金戈挽可天迴日，木鐸移如岫出雲。高誼深情壯行色，無能勝客孟嘗君。

豈藉黄金交始成，忘形久已托平生。花潭千尺深猶淺，竹酒三杯濁亦清。别幾何時霜感鬢，會無多日月傳情。襟分竊喜占簪盍，蓮社重開訂後盟。

别碧桃

天上偷來種，人間有此花。勞余親灌溉，羨爾自萌芽（自出一株，非經手植）。不礙多爲貴，須知少足誇。香飛應入夢，再到冷官衙。

别海棠（吴仲雲所贈，已九年矣）

舊主曾憐汝，遺余作主人。今當保陽去，睡足爲誰春。

别石榴

蒲觴爲助冷官衙，姊妹曾經九度花（石榴二株，今已九年）。

我去爾留兩無恙，紅裙知更妒誰家。

别四季海棠

四季花飛蝶（花黄而小，其形如蝶），根移已十霜（由石心如家移來）。似嫌人折取，特爲露鋒芒（樹多芒刺）。

春雨即景（二月晦日）

笑爾瞞人雨，勞余一夜聽。桃酣痕帶潤，棠睡意微醒。堂北萱添翠，庭前草暈青（院有碧桃、萱草、海棠數株）。更欣鶯送語，倒酒勸持瓶。

留别俞芝盟大令二章，并簡陳紹卿、孫健堂、袁昆和三君（皆俞幕友）

風月清談五載欽，幕中佳士谷中音。室搜漢魏珍羅古，篆結雲烟筆焕今（雅好金石，兼工篆刻）。愛我曾容開絳帳，濟人原不惜黄金（曾就教席一年，嗣後每節加敬）。探驪敢謂珠能得，願借花潭寫素心。

柳絲長不綰征輪，朝雨多情净驛塵。鐸振保陽經守舊，琴彈冀北政維新。九天温語蒙傳旨，五馬行春將即真。鼓記非遥三百里，未須鴻爪感前因。

生　　子（二月十八日）

弧矢高懸志四方，桃花䫃面悦含光。吾家早有駒千里，兒輩新添雁一行。枝發敢誇徵秀草，稊生竊笑卜枯楊。多男人每來相慶，不獨燕山五桂芳。

三月十八小兒彌月，陳、孫、袁三君以詩來賀，依韵奉酬

恍如行道入山陰，詩債頻催且一吟。彌月開樽殷倒屣，來薰滿座預調琴。樹成未必階森玉，草就終慚地擲金。所幸如皋縱無技，亦能言笑結同心（來詩有“花如有語終無恨，爲老人開更趁心”之句）。

五月六日交卸赴省，再留别桃城諸君子

一片猪肝笑累人，群仙爲掃甑中塵。遠行饋比兼金重，列簡名如拱璧珍（諸君饋贐，聯名書丹，爲集腋之舉）。屋小幸無詩賦夏，谷寒賴有律回春。江東渭北情何限，雲樹吟成好寄鱗。

萬壽節古蓮池讌集賦詩

蓮池花發送香初，壽宴宏開化日舒。萬國稱觴勞使節，群公應宿拱宸居。華封人上詞三祝，天保詩欣頌九如。翹首五雲

多處望，遥知金鑒有陳書。

七月權代省城女校漢文講席，九月廿日女教員到堂留别外部諸公

敢將飲啄説前緣，愛我諸公好或偏。弟子才名同不櫛，先生教術异忘筌。濫竽南郭知逃去，衣葛四華笑自憐。書畫無多聊玩賞，冷齋權作米家船。

和孫健堂寄懷原韵

合離有定又何觴，雲樹無如思不忘。數月薇垣仍故我，廿年桃縣即家鄉。當筵昔舉十觴酒，留座今無三日香。珠玉頒來情鄭重，鹽車困幸遇孫陽。

塞翁得失千秋鑒，赴熱趨炎士少真。動想風雲飛萬里，静觀日月轉雙輪。時艱曾滴銅人泪，運挽須留鐵漢身。更羡吟壇重樹幟，不妨壓境有强鄰。

十月十日，女校新教員忽告退，諸紳復約，余乘乏戲成二絶

談經有席風爲捲，今日重來話此堂。刮目每尋子明語，肯吟前度仿劉郎。

鋼成繞指豈神奇，得力全憑百煉時。招之即來麾便去，祇緣公誼不緣私。

新課鐘點加多

奪席才名古所宗，侍中後執坐重重。笑余山早同蚊負，何意飛來又一峰。

憶 幼 子

兒嬌外家住，隨母省重闈。秋共雁南去，春應燕北歸。周年知取印（用曹彬故事），增歲解牽衣。陌上花開日，回車可駕肥。

璋、瑄兩兒赴京尚無報書，瑛兒豫禀已到（戊申）

底事平安竹，朝來少報書。黎陽遠猶達，京邸近偏疏。勤術知同蛾，呼烹屢憶魚。含飴孫繞膝，差免倚門閭。

二月二日偶成

秋去春來燕子飛，杏梁幾處夢烏衣。料知陌上花開日，各自將雛緩緩歸。

二月十八，七兒保生初度，時在外家

今逢初度日，可憶大人家。望遜何無忌（何無忌酷似其舅，今翻用其意，以保生諸舅皆平平耳），欣同曹國華。催歸勞羽檄，隨侍滯雲車。聊寄門閭意，吟詩手屢叉。

和衡水盧少尉雲峰寄懷詩原韻

臨風快盥薔薇露，好似中郎倒屣時。珠玉遥頒情鄭重，勝他紅豆結相思。

碧桃花下緑樽開，曾記争傳驚座來。别後計程三百里，風晨月夕首重回。

憶衡署碧桃

花是親栽心愛惜，人雖遠别意徘徊。駒光又届春三月，料已臨風次第開。

戲贈紀卓山，用其寄詩原韻（紀印根立，周家村人，邑諸生）

休論王后與盧前，珠蟻争誇九曲穿。書記翩翩君老矣，憐才東道意綿綿（時紀充軍械局總辦，孔公書記）。

璋兒寄侄孫熙字七律一首，因用其韵以自遣

漫説千金駿市燕，自媒終愧咏霓仙。銜蘆謀稻憐征雁，飲露餐風感暮蟬。濟世難忘中夜舞，待時且學華山眠。蹉跎能補惟濦壽，一任光陰快似鞭。

寄　　子 (璋、瑄兩兒皆在京校，瑛兒又至京農事實驗場任職)

樓臺近水月生輝，休説緇塵滿客衣。憐爾恰同謀稻雁，一行齊向液池飛。

嘉平念七日偶成

祭詩容易送窮難，兒輩稱觴禦歲寒。欲築債台無隙地，周王莫作等閑看。

閑 咏 二 首 (乙酉)

鬢上銀添莫療貧，澆胸時藉一壺春。開門不礙袁安雪，有甑何嫌范子塵。官冷差强無熱客，子賢猶貴擇芳鄰。事多婚嫁休云累，樂到天倫趣乃真。

舊歲新年酒一瓢，春燈又届上元宵。有衣可典情差慰，無米難炊思漫焦。荷擔莫嫌肩力薄，析薪自笑斧鋒銷。子雲已往

人休比，數首新詩當解嘲。

内人病疫，瀕危者數次，四十日方愈

病勢渾如二豎纏，轉危共慶再生年。七兒三歲頗通慧，依姊加餐依姊眠（服食皆依其兩姊，似知母病者然）。

拔　　場（本年乙酉科拔場，全省應選者至五千人之多，前所未有，殆以拔場至是科而止，故皆願背城一戰歟）

不其山下草生香，幾輩談經翼素王。射策正當新世界，銜枚又入舊名場。廣文笑帶秋冬氣，多士歡依日月光。好似大羅婪尾宴，惜春轉爲咏霓裳。

咏　　梅（客歲，瑛兒自河南浚縣伏假歸，携黄梅子數粒，余種之盆中，歷秋未見萌芽，以爲腐矣。今春忽坼甲土中，兩株并峙，視之則梅也。後月餘又生一株，喜出望外，故志之）

鋤月分根春閏兼（是年閏二月），胚胎隔歲友成三。他時花與人相對，不獨争傳陸劍南。

戲謝紀卓山贈香腸（時當伏日，味覎遥天。拜領殷勤，蟻無膻而不慕；開封活潑，蛆何德以先嘗。爰成噴飯之章，用代敗醢①之飲）

聞説珍饈遠道來，便思咀嚼佐樽罍。開封孰意蛆先飽，至味輸他者一回。

自　遣（并序）

彈同劍鋏，久嘆無魚；典盡春衣，非因沽酒。寓言取莊子轍中，應接擬山陰道上。兒輩雖析薪，克荷難免追逋；冷官更薄俸，權支未能分潤。問債償兮何日，指伏假以爲期。乃在吉者雨水梗途，在京者友朋多故。他鄉滯迹，遠道歸遲。即此自遣章成，敢比無愁曲就。

珍珠爲米桂爲薪，豈獨長安衣染塵。舊地感深如此樹，遥天嘆起奈何銀。追呼縱少催租吏，剥啄終多索債人。依遍門閭還自笑，冷官那得厭清貧。

喜領秋俸

鶴俸依然薄，胡爲喜欲顛。因遲翻覺厚，應得却同偏。手幸非終束，眉欣未盡燃。立秋過數日，肴酒補賓筵（每年立秋日，

---

① 醢：疑當作“醯”。

具酒宴客，此次俸于立秋後六日始發下，故擬補宴，時六月二十九日）。

感　時

擁旄建節鎮嚴疆，霖雨蒼生失所望。客有何能游俠子，身留餘恨綺羅香。中興經濟慚文正，雙表情懷愧武鄉。絶好頭銜難久賺，無私與奪聖謨彰。

閱東三省報紙，日俄又有開釁之説

棘手東陲事，驚聞簸戰塵。兩雄眈虎視，中立起龍鱗。時代争趨利，天心總好仁。杞憂方獨抱，道在善交鄰。

謝王次菊贈酒次韵

德星輝映老人星，每喜相逢倒酒瓶。今未重陽宏使至（時八月十七），先教元亮效劉伶。

寄次菊倒叠前韵

旗亭畫壁唱諸伶，韵助笙簧得火瓶。茗戰酒軍争樹幟，莫將落落説晨星。

重九日次菊招飲

菊花天氣酒家樓，相顧蕭蕭鬢亦秋。落帽豈惟年少客，笑余賓主也風流（次菊六十七，余年六十四）。

贈卓山水筆數枝來詩言及依韵答之

珠玉渾如落九天，勝他懷古咏樓船。毛錐一入詩人手，便與生花夢并傳。

緑　菊

黄華紫艷肯從同，獨占秋光又一叢。載過鴨江來海外（由日本購來），酌宜螺盞就籬東。汗青有竹花添譜，胸碧無紗句漫籠。菊蕊今隨梅萼緑，羊公未可傲陶公。

和劉漸磐孝廉跋詩原韵（漸磐名慶鴻，大城人，戊子舉人。己酉冬，應辟來省，到署小聚，見余詩集，題詩一章）

論詩久不遇文通，識陋牛涔豹管中。一笑相逢來舊雨，三生有幸頌祥風。蘇湖我愧扶名教，枚馬君能辨敏工，曲譜霓裳輝冷署，人間也許大羅同。

附漸磐先生原作

正聲希少尚流通，白雪陽春出郢中。士氣浮沉殊曩日，詩懷淡雅有高風。揮毫珠玉精瑩現，滿目雲烟點綴工。我亦不忘彈古調，披編快與寸心同。

疊前韵

問誰才略負清通，柑賣曾譏敗絮中。老朽孰憐尋路馬，少年多遇順帆風。不逢毛遂矜皮相，轉羡王嬙誤畫工。舊學固迂新學躁，更于何處論和同。

再疊前韵即席呈許雁江、劉漸磐

（許爲清苑舉人，曾官山西知縣）

喜占羽吉塞皆通（許印涵鴻，劉印慶鴻，故隱用之），宛似耆英會洛中。孰主孰賓雙勝館（雁江座設雙勝館），自來自去五弦風（借用手揮五弦、目送飛鴻之意）。酒仙學作醒嫌俗（劉善飲），草聖留名醉更工（許善書）。花徑我欣遥二仲，夜游明月好相同。

三疊前韵

肯避嚴威向蓋通（用屈突兄弟事），自將機杼運胸中。未逢詩敵龍藏窟，得上吟壇虎嘯風。軍掃由來憑士氣，岳摇原不借神工。知名詎止鷄林賈，價想全球重共同。

九曲珍珠一孔通，蟻穿策定智囊中。談今捫虱嗤餘子，懷古探驪拜下風。蝸角爭雄何象緯，鳳樓巧造奪天工。南征曾説七擒縱，再整軍容敗豈同。

四疊前韵 (鏖戰揮魯陽之戈，弭兵用向戌之策。爭雄數日，傳檄千言。今當勝負未分，後宜和平共守。背城一戰，勉步二章。藉作請成之書，庶幾交鄰之道)

笑他論戰鼓三通，難律詞壇對壘中。人到苦吟戈挽日，天成妙句御行風。高名久慕仙兼聖，悉敵何分力與工。詩裏岳軍今屬我，憾來原不與山同。

包老原難關節通，漫將富貴熱胸中。暫留鴻爪終迷雪，時聽烏啼欲避風。駿馬失爲塞翁福，黃金鑄枉子皮工。吟壇爭況無名利，兵弭應期向戌同。

至日王伯仁招飲即席作疊前韵

灰飛六琯氣潛通，依舊陽生大地中。蘭座傳杯名士酒，竹林著屐昔賢風（同座七人）。先期訂約情何重（重陽日，在次菊座中，即訂此約），即席成章句未工。羊破菜園供一笑（時在羊肉館），豈惟噴飯有文同。

喜璋兒由吉林回京，與瑛、瑄兩兒偕來

松花接海浪聲淙，帆映高城樓閱江。東箭多材羅一一，南金供膳寄雙雙（璋兒充吉林中學及師校教員）。倚閭笑我時通夢，捧檄憐兒喜滿腔。去日上元來歲暮，介眉春酒色浮缸。

叠　前　韵

風濤含怒浪淙淙，秋水何妨眼洗江。錐不處囊空見末，劍能切玉自無雙。役車權作皇華賦，聞笛應多怨柳腔。昆弟偕來齊進酒，碧螺爲盞玉爲缸。

封印日遣悶

家貧難好客，彈鋏笑空歌。荒闢陶潛徑，安思康節窩。看囊錢有一，質庫被無多。詩果工因境，揮毫墨凍呵。

庚戌正月謁新藩憲即事

天賜黎祁得未曾，廿餘年事記溪藤（在衡十九年，到保又四年矣）。而今生舍無生課，耳重何嫌又許丞。

述　　事

爲郎不獨老馮唐，二十餘年夢一場。桃縣停雲踪印雪，薇垣舊雨鬢添霜。是何國勢甘中立，無那人材出列强。兒輩正當争競日，里門高大尚懷張。

上元有感

火樹銀花次第排，記曾小住擬蓬萊。游人衹恐元宵盡，列市争將白晝猜。燈起樓臺明月小（税務角每年元夜搭燈牌樓三座，省中鉅觀也），彩懸門户朵雲堆。而今放夜翻多禁，道是文明氣象開。

行　　役

暮年尚行役，問客欲何爲。匹馬長安道，征衫帶夕暉。

王統領化東約主講席

原有蘇湖責，丹鉛莫笑今。尋途知老馬，問字辨來禽。秘授伏生願，經傳劉向心。更欣桃李蔭，廣被謝庭深。

和孔玉林食蟹原韵

腹負將軍事亦常，監州終讓蟹先嘗。滿懷金玉樽陪緑，入夢螃蜞絹助黄。行道似嫌人不足，愁多翻羡爾無腸。老饕預了持螯願，味勝蒓鱸思故鄉。

吊裝子廠工人（九月四日午後二時，工廠藥炸，全廠三十餘人僅有二人免難，餘則骨飛肉散，慘不忍睹，外有行路者四五人亦遭波及傷己）

一聲霹靂是耶非，烟起冲宵塵蔽暉。人有何辜遭火劫，天如故意示淫威。骨埋焦土成灰燼，肉向長空作葉飛。術慎矢人原自古，自焚早已伏危機。

剪　髮

自古問心原是佛，而今削髮却非僧。萬家頂上圓光現，想即心禪最上乘。

宣統辛亥元旦

剥啄偏于昨夜勤，銅山臭促舌蓮芬。勞他來立程門雪（除日大雪，門外尺餘），令我頻呼卓瓮雲。避債笑書王正月，圍爐得句韵平分。宫墻曉望無軒過，告朔從今廢具文（各憲無一謁廟者）。

午後雪霽

新年舊歲送迎忙，又值天公玉戲場。轉羡袁安身卧雪，莫嫌潘岳鬢添霜。幾家風絮吟元日，到處冰山畏太陽。白屋朱門裝點罷，八方同此帶恩光。

贈孔玉林（客歲，孔館鍾建堂，余館王化東，比鄰而居，課餘時相往來。今余館仍舊，而孔忽就馬統領館。時有安姓來延師，孔故却之，乃馬未踐約，安已他請，孔因賦閑，昨戲語余曰鞍馬徒勞。因詩以爲贈）

共擁臯比幸識韓，鍾王宅近日盤桓。君今若果勞鞍馬，那得珊瑚拂釣竿。

讀　史

有才招嫉幸無才，閱古能教眼界開。莫向荆州笑劉表，三擿解自魏公來。

孔玉林四月初旬仍就安姓館即贈

藥雲梅雨楝花風，問字尊開酒不空。失馬福留今日補，據鞍心似少年雄。三生有石同蕉鹿，萬事如毛等雪鴻。絳帳課餘閒覓句，一經筒寄勝紗籠。

謝王化東居停自雲南寄贈錦緞被面

受賜欣同拜鹿鳴，朵雲爛縵錦光明。衾曾質庫應憐破，夢再尋莊定易成。萬里春風隨驛使，一堂化雨愧門生。知君早有姜肱被（王昆仲數人），波及還分友愛情。

哭長女二章

蘭芽何事雪霜侵，天地無情感不禁。總使聰明多短命，那堪衰朽更傷心（次子琛，年十七，造詣文章均有可觀，丙申五月亡于衡水學署，今長女年廿二歲又亡于保署）。念年身似曇花現，百日痾同苦海深（自四月十日病起至閏六月廿一日亡，計足百日，日服藥一帖，其苦可知）。魂慰暫依蕭寺靜（移棺南關寶泉禪林寺，外即大清河），水流東去日西沉。

姊妹娛親爾最賢，無言解意倍堪憐。脱塵知少埋金地，返璞仍歸種玉田。咏絮空教思死後，衣蘆難免怨生前。九泉萱草荆花在（繼室劉氏，長女生母也，壬寅四月亦亡于衡署），重見應談老鄭虔。

有　感

世無醫緩灾多竪，家有秦人越不關。修短壽憑天數定，疑團妄念一時删。

小　園

琅玕竹爲報平安，淺緑深紅次第看。貂珥續休嘲狗尾（蓼花俗名狗尾花），龍泉佩合慶雄冠（鷄冠）。周庭生意多仍少，陶徑閑游窄亦寬。好景眼前皆自得，縱無廣厦也忘寒。

感時二十首①（辛亥秋，武昌變起，天下多事，璋兒由京校回保，成《哀影吟》若干首，戲和之作）

惆悵江南賦續哀，雄心猶是鬢毛催。漢家程李分優最，宋代張吴自去來。國士于今傷夏屋，小民何日度春臺。羊亡牢補仍非晚，罪己書頒黨禁開。

樓鶴驚飛八月秋，烽烟起處阻仙游。封疆獨立忘真象，宣撫分行賦載鄰。幸得龜山探虎穴，免將赤壁誤黄州。義師果自稱無敵，炸彈應輪陣涉籌。

功名敗絮説天都，半作盧龍賣塞奴。婦邸上皇豐市立，出師統帥將星孤。自由不重千鈞髪，輕命誰憐七尺軀。勝即王侯敗爲賊，也同湯武后來蘇。

石城矗矗將桓桓，可作中流砥柱看。數省聯兵同黷武，孤

① 刻本衹十四首。

身崛起欲除殘。虎雖離穴心猶壯，鳩縱居巢膽已寒。退保徐淮成割據，餘威徒自懾長千。

六朝金粉剩飛烟，底事頻催小刼天。王氣已收成夢蝶，豪華又盡感啼鵑。龍蟠虎踞長江險，玉樹庭花後主箋。卧榻竟容人熟睡，中興聖武憶當年。

内亂其如外患何，每將荊棘感銅駝。鷹揚將少巴圖魯，虎旅軍非曳落河。西楚八千兵已盡，後唐十萬劍空磨。身亡國破無成算，前史分明事不訛。

樓鶴依然兵未消，議開督府儼南朝。聯軍有檄誅晁錯，案罪無人哭薄昭。江面浪乘風勢破，戰場魂賦楚詞招。備邊自古多兒戲，細柳侯封獨錫條。

長江南北界中分，沿岸山城矗戰雲。大力可能迴地軸，群才想已應星文。漢陽埋骨風爲慘，白下招魂日又曛。天道好生人嗜殺，弭兵向戍竟無聞。

頹波日下感滔滔，賴有琴書伴濁醪。鑒慕人倫評月旦，筆隨兒輩續風騷。既無學舍鱣魚兆，復少兵家虎豹韜。天意輿情果何向，不勝短鬢首重搔。

洗兵何日挽天河，銅柱空懷馬伏波。捷奏未聞書露布，戍增惟見壘星羅。蜀中水險江爲劍，邊外塵飛壁有戈。自古威名三箭定，入關尚望聽長歌。

願追西伯説戡黎，紀律森嚴步伐齊。鐵券若頒同帶礪，球圖欲歷有航梯。人來帳下嫌黄口，豕到遼東盡白蹄。曾記全燕無别術，置君先爲反毛倪。

亂離忍説靖康年，泣路王孫劇可憐。北狩君臣同一哭，南還夫婦日三遷。中原陵寢千軍後，半壁河山六代前。舉目又傷荆棘滿，願尋卜市借壺天。

有涯生又似無涯，琴鶴相隨宦作家。日報每欣兩竿竹，春來難忘故園花。爐添寶鴨香應重，裘换金貂酒不賒。回憶風波生鄂渚，問誰八月遇仙槎。

言永庚歌志寄詩，知音難再遇鍾期。陣雲高捲中秋月，殺氣疑連五季時。免胄無人來葉縣，盗兵何事弄潢池。陰霾自有清明日，笑索梅花賦竹枝。

聞馮禁統克復漢陽用條字韵

龜山奪得楚氛消，復見雄城拱聖朝。始信邊功成李牧，非同内事問張昭。高增晋壘書停戰，再下齊城柬可招。因憶雲臺名不朽，榮生大樹舊枝條。

憫亂四十二韵

皇朝三百載，帝國四千春。頑固風除舊，文明法變新。州分咸則壤，星衆拱居辰。滿漢今分界，東西各作賓。新兵潛秣厲，隱患伏荆榛。鐵路摇風扇，金戈挽日輪。議員隨地選，皇族失天親。鄂渚驚殘夢，金陵撲惡塵。風從來夏口，響應到文身。烽火秦連晋，波濤滬接申。幽燕思騁騎，閩越據要津。白旆驅山魅，黄龍警水神。檄飛雙闕下，軍駐大江濱。罪已頒明詔，天章下紫宸。前驅威奮武，敵愾勉同心。漢水憐新鬼，雄關復舊君。紅羊悲火劫，玄鶴吊人民。今日淋漓血，他年閃照磷。保民空論果，滅種已成因。軍既分南北，情休論屈伸。師來無武惠，守將少張巡。足漫誇騏驥，才難詡鳳麟。六州空鑄鐵，三駕已文茵。有敵師非義，多傷心豈仁。亡臣能覆楚，太守不容人。都府名因重，陳橋勢若均。比肩無上下，一體孰君臣。戈將操同室，冠誰救比鄰。蠅頭争小利，弩末笑千鈞。逐恐中原鹿，懸爲外國鶉。果能標赤幟，難免兆黄巾。環伺思干涉，垂涎欲染唇。瓜分期促促，豆煮泣頻頻。利得蚌兼鷸，勞無羅與綸。雄雌猶未决，禍患已相循。鄙士多如此，英雄自有真。得憐塞上馬，游笑釜中鱗。且莫軍仇復，當思郡借恂。議和言藥石，主戰扇車薪。亂極終歸治，新多不襲陳。雙方兵早戢，四海福無垠。磐石安如故，苞桑繫永遵。

卷五　退思閣詩存

憫　　亂（壬子年）

南北軍持戰伐秋，江花湘竹亦生愁。渡河有恨呼宗澤，逆旅無知失馬周。吳闕留眸看越寇，晋庭唾面問秦囚。才兼將相今誰是，時憶籌邊德裕樓。

正月十三日保陽兵變

樂奏旗揚各界忙（十二日，各界執五色旗游行慶祝共和），誰知兵變起倉皇。火光徹夜烟千丈，槍彈飛空雨一場。搜盡黄金歸盜藪，剩餘焦土感阿房。未遭此劫由天幸，又得兒書慰遠望（瑄兒于十二日赴京師警廳供職，其夜戍①兵先變，火車不通者數日，至十七日始得稟函，方釋焦灼）。

挂　　冠

老驥鳴餘伏櫪哀，是何時代費疑猜。一官早自無人惜，正好淵明歸去來。

---

① 戍：疑當作“戍”。

一月支持藉賑糧，華顛猶笑爲生忙。巨橋有粟非周産，疑逐薇香到首陽。

伏　日（壬子五月廿九日）

自造中華國，吟懷頓減前。歲時新去閏（陽曆無閏月），壬子舊編年。伏有悲鳴櫪，揮無先着鞭。浮瓜與沈李，幾處雜歌弦。

競　争

競争時代法唐虞，揖讓重逢民國扶。果可兵銷光日月，依然水懦起萑苻。乘時幾輩膺新命，垂老憑人説腐儒。詩句未成樽酒醉，敢隨阮籍哭窮途。

感　時

西風瑟瑟滿城樓，變閲滄桑易感秋。鄂渚曾驚前度夢，邊陲又觸此時愁（蒙藏時傳不靖）。聯盟强國無遺策（列强謀我日甚），獨立將軍有斷頭（張勳帥四十營據徐兗成獨立勢）。南北况猶存芥蒂，當筵誰借箸先籌。

祀竈日作

孤負明時賦采薇，黄羊祀罷且爐圍。痴頑老子今多是，靖節先生古所稀。濁世功名歸竈養，諸天消息見塵飛。泥塗困我君休笑，老去寧知媚奧非。

清隆裕太后挽詞，時癸丑正月十七日

心迹光明事可傷，曾將周宋感興亡。好生只識扶民國，失計誰憐誤奏章。舊苑金人新入鄴，當年玄鳥枉生商。臨終未免留餘恨，孤托無言指讓皇。

即　　事

帝秦留仲耻，客逐憤斯書。柳種陶潛宅，瓢懸顔子居。代飛看雁燕，隨意辨蟲魚（日閱説文數頁）。負米勞兒輩，從今隱敝廬。

三月十四日游北京農事試驗場雜咏

登暢觀樓（樓梯三層五十四級，前清慈禧皇太后游觀之所也）

東望丹城西翠微，無邊春色映朝暉。傷時不必千年鶴，已覺人民大半非。

鬯　春　堂（清帝幸西山，每駐蹕于此）

翠輦曾聞幸鬯春，園中景色一時新。豫游本與民同樂，夏去秋還雨露匀。

來　遠　樓（番菜館）

厨設名園第一家，外洋風味到中華。千鍾虜酒葡萄艷，醉倚闌干看萬花。

觀　稼　軒

妝點田家趣，芳亭草屋開。勸農曾駐蹕，觀稼此重來。

豳　風　堂（茶社）

豳風一幅畫中詩，堂易茶園别有思。勤使農桑習八首，甘教士女上雙眉（用“茶甘欲上眉”意）。

瀛 嶠 同 春（仿日本式，屋内無床几，席地坐卧，户在東南，入室先脱履，蓋古制也）

滿看户外履，聯少室中床。古制留瀛嶠，春同日月長。

動物園聞獅吼戲題

笑爾威曾恃爪牙，游人到此品評加。籠中想异閨中吼，何事聞聲不怕他。

鸚　鵡

既作能言鳥，應傳隴口情。緣何爾獨蠢，空自負虚名。

温　室

馬龍車水賞唐花，花發頻勞羯鼓撾。士女倦游思小憩，豳風堂上品名茶。

三月十五日登萬壽山

十載光陰一指彈（十年前，晋引在頤和園仁壽殿），湖山猶是奈棋殘。循墻總到蓬萊頂（清遜帝有移居萬壽山之信，故各殿封閉，僅循宫墻到慧海殿東西眺望而已），竟作前朝景物看。

慧　海　殿

排雲朵殿疑雲外（慧海在排雲上層），慧海仍居最上頭。千佛縱能空萬象（殿中佛最多），也應説得幾生修。

景　福　殿（在慧海東，四望無際，俯視一切。昔慈禧太后居此，雪時雨際多用膳于此）

曲檻迴欄宛轉通，人工巧直奪天工。雪飛雨落聞傳膳，知在山頭寶殿中。

石　　舫

神工鬼斧起樓船，石鑿雙輪太液邊。叱不成羊還作鷁，退飛應警鷺鷗眠。

銅　牛

漢家銅馬晋銅駝，治亂由來紀物多。試問兹牛池上卧，可能依舊望清波。

銅　亭

九牧貢金曾鑄鼎，斯亭銅外不鳩工。玲瓏户牖雕梁棟，山翠浮來面面通。

浴佛日

又到蘭盆浴佛天，纖塵雨浥浄無邊。三生覺悟留孤石，一念慈悲普八埏。國閲古今多變相，民罹塗炭半争權。應隨上帝多垂愛，忍使重逢五季年。

安　遇

出山泉濁在山清，不獨滄浪歌濯纓。智少老羞囊底叩，名微時免坐中驚。餐霞古有嵇中散，埋照今無阮步兵。牛馬任呼原自適，緣從詩酒結三生。

天中節與王次菊過平康里爲門外之游戲題

莫把興亡論舊朝，莊嚴界易可憐宵（今之八大胡同，昔之東岳廟也）。青樓春好工留客，金屋香温慣貯嬌。蒲盞蟻浮知緑暈，榴裙蝶舞想紅飄。平康里异山陰道，訪戴無因且獻嘲。

守　困

境困知由命，才疏幸見容。况當時世險，無路不蠶叢。

憫　戰

戰雲迭起江南北，黨禍從今甚漢唐。欲卜太平無處問，希夷何日醒黄粱。

前種竹叢，今歲移分，近因舟便，運向故園，取其耐歲寒、報平安也

歸裝無石載琅玕，好共松梅耐歲寒。袖底清風鬢邊雪，故園爲我報平安。

八月十二日，三小女彌月二首

又得光明掌上珠，他年知否累人無。一生貧富皆前定，賣

犬常懷太守吴（吴隱之曾賣犬嫁女）。

志願争傳了向平，惟將婚嫁事經營。不知了後歸何處，畢竟多情是寡情。

甲寅元旦

頻年椒頌栢爲銘，花甲匆匆又九齡。酒縱無妨方李白，茶烹不必待樵青。食魚主去空彈鋏，説鬼人來肯守瓶。行樂及時休笑我，浮生踪迹似飄萍。

黄三兄雨薌于癸丑十月仙逝，甲寅二月始得耗，詩以挽之

贈麥贈金懷往事（余里居，蒙贈麥以濟乏，及余晋引又贈金以助旅費，厚誼高情時縈五内），廣陵散絶奈君何。林中人去追陪少，塞上詩成感慨多（兄游幕張垣，恒以詩見示）。已閲滄桑驚鼎革，未看揖讓靖干戈。想因厭亂離塵世，華表空留鶴影過。

四月廿八日爲亡繼室劉宜人忌日，典衣買祭品有感而作

肴酒經營典敝袍，爲卿今日薦馨椒。諸兒轉瞬榮軒冕，再祭應添太少牢。

詩　酒

一心感萬緣，皆易驅而走。黠哉愁負隅，城築降難受。我本寒無氈，折腰羞五斗。負米望兒歸，入室防婦吼。困身不困心，得力在詩酒。詩如令公騎，羅拜伏左右。酒如即墨牛，突圍摧枯朽。剿撫各奏功，攙槍化烏有。或謂杜苦吟，戴笠譏遺久。或謂劉解酲，荷鍤笑隨後。無乃爲俗移，因之忘可否。送窮文雖工，難與吟壇耦。避債臺雖高，不如糟邱守。一囊兼一瓢，愁掃不待帚。個中樂環生，解者蔗園叟。

端　陽

移家原不避塵囂，細滌蒲觴客飲招。大白浮宜隨意滿，小紅唱記送聲嬌（客歲，同王次菊赴北關文昌宫，迂道過八大胡同，爲門外之游）。且欣競渡懷堪暢，忍説沉江恨未消。緑鬢幾時頭盡白，胸中壘塊一瓢澆。

閑　雲

閑雲到處即蓬壺，身外何曾問有無。累我只餘詩酒債，自爲假貸自追逋。

移居有感

移居合比淵明宅，依舊方兄賦子虛。字問久無人載酒，鋏彈奚止客歌魚。催租券下轆轤急（房主居轆轤胡同），厚禄書來蓬蓽疏。却羡古槐偏愛我，爲驅炎熱蔭庭除。

遣　懷

東隅已失補桑榆，那識今仍一得無。投轄留賓曾作主，應門代僕却非奴（昔好賓客，今無僕令）。就荒松菊淵明徑，不剪蓬蒿仲蔚廬。轉笑蕭閑忙更甚，吟毫揮罷又提壺。

再　遷（閏五月又移居史家故址庵路東，舊寓軒敞，新居湫隘，以彼月租拾元，此則四元有餘，原非下喬入谷，實乃舍重就輕也）

廬同蝸寄何嫌小，床少龜支詎厭低。囊不貯錢貯詩句，吟餘清夢到槐西。

重九後一日，邀王次菊小酌

年年招飲過重陽，昨日重陽雨一場。蟹紫薑黄今再具，邀君補酌菊花觴。

質　　裘

羊皮曾説入秦難，裘脱重勞仔細看。出質宛如臣去國，思歸可似水流灘。值輕竊比陽城被，寶貴非同宣子環。到庫且休傲儕輩，夏蟲原不解冰寒。

贖裘倒叠前韵

豈獨狐裘可禦寒，喜從質庫唱刀環。有緣契似三生石，無恙披猶七里灘。爾性温和應笑我，人情冷淡更誰看。幸非换酒千金貴，貴若千金贖也難。

閲璋兒南昌家報

水色澄鮮山色青，百花洲畔屐頻停。賞心知上滕王閣，散步宜臨孺子亭。十二時中縈負米，三千里外感飄萍。毛生檄繳歸來日，重着萊衣戲舞庭。

閲璋兒南京家報

南昌接電白門游，來揭秋風送客舟。楓葉聲多驚短夢，月輪光滿涌長流。人無定所同鴻爪，天有奇緣到石頭。憂樂後先視天下，傷名教處莫勾留。

金陵竹枝詞

古有佳人字莫愁，歌聲譜出石城秋。至今湖藉斯名重，喜地歡天恣冶游。（莫愁湖）

秦淮明月伴笙歌，花舫蘭橈次第過。信是六朝金粉地，未經兵燹更如何。（秦淮河）

菜圃荒凉幾落暉，徘徊指點舊烏衣。燕飛豈第辭王謝，巷内居人今亦稀。（烏衣巷）

桃葉歌詞字字珠，美人名士合留圖。渡頭猶是無裙屐，來往喧争盡販夫。（桃葉渡）

雨花臺

虎踞龍蟠古帝州，長江作帶幾千秋。雨花天爲增奇險，撼岳軍多據上游。一片歸帆雲際出，六朝餘艷望中收。斑斕石更供詩料，下筆終嫌力未遒。

咏古

岐王宅裏鬱輪袍，一曲琵琶達九霄。豈第妙兼詩畫筆，更留餘技聖恩叨。（王維）

天時人事漫相猜，聖主憐才豈弃才。若獻羡魚觀釣句，鹿門應負夜歸來。（孟浩然）

乙卯元旦

只説更新心去悶，那知依舊耳添聾。長男女各天涯遠，弱小依依伴乃翁。

擬登揚州平山堂（璋兒家報云：差次揚州登平山堂，廿四橋即在山下，一望荒凉絶無游迹。余因人日消遣，爰擬登之）

平山堂上望迢迢，無限荒凉廿四橋。明月二分猶是昔，更于何處覓吹簫。

耳聾遣悶

彈指光陰屆古稀，從心所欲事多違。耳根疑有明珠在，引得驪龍守不飛。

三月朔，耳閉復開

新歲清談异舊年，不揮玉麈借花箋。夢中忽遇降龍客，醒後風雷去耳邊。

旋里記事（乙卯暮春，喬莊房焕其元章侄婿有父母之喪，邀余成主，其居與余里相距六里，因伊車便載眷屬歸謁先人墓，親族争招飲食，閑與族人爲葉子戲，俗名鬥牌，樂事也。不意適淮鎮王氏大侄女，年六十三歲，前數日傷指，因回家視余，中風身死，又何哀也。十餘日中而哀樂不同，想亦數定，爰詩以爲志）

謁　墓

十四年來又此歸，謁先人墓一歔欷。衣冠竟逐滄桑變，獨對松楸悵夕暉。

哭亡侄女

早知汝如此，豈止不歸家。死矣復何道，宜思數莫差。

局　戲（殿元兄七十四歲，義元兄七十二歲，來治侄六十四歲，余年七十，四人共二百八十歲）

四人二百八十歲，白髮蕭蕭盡老翁。敢比采芝榮漢代，樂游頗有橘中風。

留别紀慰農鄉丈兼謝招飲（慰丈印鉅澍，印師族弟，年七十九，精神尚健，三十年未見，情意殷殷并盛饌招飲，過談兩次仍期後會）

卅載相逢喜欲顛，掀髯共醉楝花天。談心昔記庸多福，論世今難禮責賢。笑我清貧仍作客，羨君高節早歸田（曾官正定教授）。家居即是桃源境，逐鹿由他捷足先。

道　上

雙輪轣轆載妻孥，來去春風送老夫（上巳旋里，立夏前一日回保）。陌上花明堤柳綠，引將鶯蝶助吟鬚。

再寄紀慰農鄉丈

回憶春風酒一卮，白頭相對捻霜髭。感懷每嘆同人少，惜別還嫌後會遲。釣渭君當非虎兆，入秦我笑五羊皮。滄桑纔閱猶非老，君子長生好共期。

七旬自壽

彈指光陰届古稀，敢云今是昨皆非。甘分巧月瓜初食，困笑愁城酒解圍。到處雪鴻留指爪，任他車馬説輕肥。銜杯遍看萊衣舞，尚有金陵兒未歸（是日琦、珊在寓，瑛、瑄由京來，獨璋在南京未果）。

送王次菊歸里

今去應回首，休云重會難。武垣君故里，家食勝長安。

璋兒家報樊興局在揚州樊川鎮，因憶杜牧之事，詩以遣悶

御侍分曹入綺筵，兩行紅粉笑樊川。當時一覺揚州夢，猶記青衫落魄年。

和聽香散人自壽詩二首原韵

群羡公孫筮仕年（公孫宏六十始仕），勝他騎鶴炫腰纏。龍吟到耳原難和，貂續能容亦夙緣。花月多情堪作主，酒詩乘興即爲仙。俚詞遥當稱觴獻，南極星知福禄聯。

高年人喜祝高年，兩地詩魔一樣纏。鴻雪欲尋留爪迹，騷壇先結選樓緣。軍前昔遇慈悲佛（君言中日戰役，一軍盡没，曾以匹馬脱險），塞外今爲自在仙。鴉噪也隨鸞鳳嘯，願參末座附班聯。

江　潮

興亡雖一轍，疑欲問江潮。禪魏無封爵，賓虞不入朝。忽更新甲子，重見舊臣僚。野尚群龍戰，雄心何日消。

清明日作

祭掃良辰過禁烟，未豐俎豆愧酬先。焚香燒燭親貢酒，兒

輩今朝各一天。

先父忌辰（三月十二日）

與祭知遵孔，娛親有愧萊。顔違四十載（丁丑至今四十年矣），含泪獻尊罍。

代擬紀卓山傷鳥詩

長眉鶴鶴項猩猩，紅白生成性更靈。羽化一朝仙得否，好音難再醉中聽。

六載鳴春伴客身，竹邊埋汝亦傷神。化雞儻似歸來鶴，應在枝頭問主人。

憶　昔（幸附癸酉鄉榜，壬戌會試，場前覆試，惟直隸人特許在保和殿覆試）

桂花香裏到蓬萊，雨露深恩及下才。宮餅更蒙天子賜（人賜宮餅二包，余留一歸奉堂上，一自用），當年會試保和來。

暮春閑咏

番風細數感僑居，九十光陰度又虛。榆莢飛時思鄭樹，柳條垂處憶陶廬。揚州花好騎無鶴，上谷春寒食少魚。握管差欣小兒女，縱横鴉陣間蟲書。

手種閑花數十盆，習勤竊笑向陶論。忍言時事同棋局，且把情懷寄酒樽。疇衍也欣徵壽考，囊空未免累兒孫。德星相聚知何日，南北頻勞望倚門。

燕　京

京華無復昔時塵，車帶風雷速若神。曾識龍顔瞻日月，忽驚象闕焕金銀。雪消留爪痕尋舊，霓咏諸天曲换新。一樣衣冠優孟假，下場人是上場人。

寄大兒樹瑛

鞅掌風塵十數年，博來薪米奉堂前。不教有缺人争羨，猶幸無勞汝蓋愆。菊部時觀笑優孟，芳園日涉勝陶潛。消閑便似三生福，何必虔修别學仙。

擬咏再到北京觀劇游園二章

霓裳曾聽幾經秋，又惹紅顔笑白頭（中和園坤班）。菊部英雄屬巾幗，教坊歌舞動名流。燕飛乍試人驚座，鶯囀一聲香滿樓。到此豈皆歡喜客，半緣消夏半消愁。

鴻爪重尋老不疲，健行未許杖扶持。識名尚覺葩經少，人畫還須彩筆隨。漁父笑迷曾過路，劉郎得記再來詩。登樓東望仍增慨，三殿雲飛异昔時。

擬咏真再到北京觀劇游園一首

虛擬何嘗即當真，果然再到亦前因。賞心樂事宜消夏，美景良辰不讓春（前游在三月中旬）。羅綺香生無倦客，湖山秀挹有高人。嘆觀止漫隨吴札，着屐今時那厭頻。

七月六日再到北京，貴州徐紹欽，瑋兒同學，也枉駕見訪并惠贈蓮蓬，詩以爲謝

高士南州久慕徐，欣知君讀伯陽書。惠來蓮子房房滿，清净餘芬到寄廬。

徐紹欽招飲

又隨秋氣到京華，醉入壺天日月賒。東道主人欣學圃（徐爲農科大學畢業，供差農場），南皮佳會擬浮瓜。故鄉有味分朋好（宴于瑞記飯莊，貴州館也），苦茗留香上齒牙。同踏緇塵作羈客，老來更喜酒爲家。

周寶臣約觀劇于第一舞臺，晚飲于南味齋，詩以志謝

聽罷霓裳醉羽觴，秋來天氣帶微凉。舞臺樓閣三層起，南

味杯盤四座香。友遇知音評甲乙，主能顧曲辨宮商。感懷雅意將何補，聊獻蟲吟作報章。

和王次菊九日見懷原韻二章

重陽猶是舊重陽，憶菊偏教獨舉觴。笑我登高多寂寞，思君相對共徜徉。交論金石知情重，句捧瓊瑶感意長。各捻霜髭詩敵老，不妨旗鼓整堂堂。

濯經江漢暴秋陽，不速來傾九日觴。根菜何曾嫌簡略，把萸猶記共彷徉。懷人水宛一方隔，送雁風知萬里長。場圃桑麻行樂處，終當就菊到君堂。

嘲　　喜

耳目聰明減，年年老態更。齒將摇落盡，步尚舉行輕。健飯仍如故，矜心覺漸平。自啁還自喜，鬚捻助吟情。

嘉平十二日由京回里，過津住崇豐棧，張生式僑是晚亦來，筆談竟夕，次日同車抵滄站，有感而作，用其塞上書懷韻

滄桑已閲望歌薰，畢竟何人解世紛。契友同車多眷戀（都門分袂，十五年矣），閑雲出岫亦氤氲。迷蕉有夢真成幻，談筆生花見代聞。群處無妨相視笑，泰然庶可葆天君。

附張式僑和詩

塞上風雲說與君，詞宣楮墨更氤氳。江湖魏闕無成局，滄海桑田有异聞。吾道敷施胡漢洽，前塵回憶善良薰。吏才自信無他巧，保我真元志不紛。

丁巳正月廿七日，回京又住津之崇豐棧，張生春暄適在棧中，因成一絶以志感

（張，名煦，舉人，河南知縣）

朅來東道主崇豐，兩次門生遇此中。文字結緣原有定，漫將泥爪說飛鴻。

傅静吾以九月三日誕辰述懷詩四章徵和却寄

（傅時參海州鎮使白公幕，以道尹需次金陵）

吟壇旗幟壓長城，簇簇花從筆上生。豹管窺來斑略見，驪珠探得句先成。參軍俊逸今明遠，相國詢謀古邵平。十幅蠻箋欣展誦，鷄林知早播詩名。

紅樹青山入畫時，稱觴客醉習家池。弧懸月映如弓式，杯舉霞分散綺詞。菊届秋開香淡淡，桃思春祝日遲遲。俚言權作平原壽，更羨人争買綉絲。

漫將緣木說魚求，幕府才名滿石頭。但得獨清焉見惡，任

他皆濁又何尤。棋聲屐齒懷安石，人影衣香咏莫愁。自古英雄半盤錯，晚成勳業足千秋。

諸天果有想非非，穎脱錐囊志莫違。露布文章成倚馬，樓蘭功績立先機。相逢飯顆誰譏瘦，卜遯商岩暫樂肥。肖象他時徵夢兆，詎同鴻爪認依稀。

余于丙辰嘉平之十三日因事旋里，丁巳二月一日始回保寓，月餘之間，辭舊迎新，得七絶四章

游子還鄉异沛豐，家家酒食喜相從。金甌不及田園樂，却笑高皇歌大風。

縱經守歲變桑田，民俗仍沿舊日年。有侄不才同守歲，竹林遠愧仲容賢。

爲日無多歲舊新，柳舒又見故園春（清光緒廿八年曾在里度歲，今忽十五年矣）。黄童白叟時相聚，不讓羲皇以上人。

酒酌屠蘇疑客裏，一家六處紀龍躔。兒曹鶴俸餘無幾，聊爲經營納税田（向以硯田謀生，無税田也。今安置數十畝田，故云）。

咏缺口瓷瓶（并序）

余少時書齋有磁膽瓶一，乾隆年間物也。一旦客至，誤傷其口，心甚惜之。厥後家計日艱，齋中物售幾盡，而兹瓶以缺

口獨存。噫！孰知殘之者乃即留之者歟？丙辰嘉平中旬旋里，至丁巳正月抄①始回保陽，時携此瓶道出京師，命瑛兒倩玉人雕琢，閏二月中旬由保赴京取之，歸置寓所，因成二絶以志始末，且酬其數十年爲余守宅之功。

七十餘年電影過，挈瓶智笑手摩挲。戒垂守口偏先缺，圭玷差同尚可磨。

抱殘守缺爾稱賢，曾結當時潤屋緣。手澤敢同宗器重，且將故物比青氈。

端陽獨酌懷王次菊

獨酌蒲觴又憶君，情深渭樹與江雲。紫泥助壽輝堂壁（曾以府學篆印成壽字贈之），應有芹香四座聞。

五月十二日京師巷戰

復辟共和各一方，將軍鏖戰互争强。禁城竟比萑苻澤，御路渾同茂草塲。馬廠誓師能復楚，麟經有筆枉尊王。分明公論成疑問，轉瞬滄桑六閲霜。

① 抄：疑當作“杪”。

感時仿白樂天叠字詩體

一棋枰作兩棋枰，兩局原從一局更。東海路通四海路，南洋兵敵北洋兵。前車轍覆後車鑒，上院權持下院争。督閫幾回宣獨立，不遵王道那平平。

秋日遣悶仿李義山當句有對體

兔走烏飛秋又經，眼疑觀霧鬢成星。硬黄榻罷彈寒碧，虚白生時對汗青。督鎮習勤中散懶，陶潛常醉屈原醒。行窩境樂甜鄉夢，一粟身微萬物靈。

秋日旋里雜咏四章

秋風送雁客歸家，去往渾同戌①代瓜。濤聽枕邊尋舊夢（院有松一株），帆來甌底試新茶。任人髮短嘲梅子，向若情豪感木華。不必問天還自問，有無原是一生涯。

休説當年苜蓿盤，保陽僑寓子供餐。卅餘載歷風塵慣（在外卅餘年，回家只數次），數百里經水陸難。破屋日光留舊迹（瓦隙透光），中秋月色又重看。諸兒遠隔清輝共，處處衣沾桂露寒（瑛、瑄在北，璋兒在南）。

---

① 戌：疑當作“戍”。

門外窗前罨畫同，槐南夢醒聽松風。酒香時酌新醅緑，塵静難飛舊惹紅。不速客來延座右，偶吟詩就貯囊中。此間即是神仙界，却笑劉安道術工。

築埸納稼數家村，蟋蟀秋風酒一樽。鄰境無辜成澤國，吾鄉有幸似桃源。鳳凰桐竹安栖食，鷄犬桑麻閱曉昏。閑仿輞川詩畫意，亦將樂事咏田園。

憶　　菊

寄菊渾如客寄廬，花開曾憶主人無。縱教留得霜枝待，已負重陽酒一壺。

燕京家宴（陽曆元旦）

肇歲龍躔西歷期，萊衣遍着五男兒（余由家回保過瑛兒處，携珊、琦，適璋兒由南來，瑄兒病已愈）。大宗更喜孫曾在（侄孫熙宇、侄曾孫俊三皆在京），同獻椒盤介壽卮。

岳　　警

湖水風波忽又生，岳陽城陷鶴樓驚。豈無龍卧工擒縱，竟有鴟張背會盟。飛將幾時下湘澤，大軍今已集襄荆。莫教狐兔深藏穴，露布欣看倚馬成。

丁巳除夜

柏銘椒頌德何堪，海屋仙籌鶴爲添。幼子圍爐同守歲，時談都下與江南。

戊午元旦（余生道光丙午，歷咸豐十一年，同治十三年，光緒卅四年，宣統三年，今民國七年，歲次戊午）

壽補蹉跎七十三，元書一日白鬚拈。道咸同歷光宣繼，民國今從戊午占。

人日懷紀慰農鄉丈

梅花柳色尚遲遲，猶是高公寄遠時。南北地分寒暖异，懷人一樣寫相思。

聞連復岳州、長沙

果真飛將自天來，聞凱歌聲亦快哉。湖面水清風浪息，軍前氣壯岳雲開。和平結局謀先定，征伐攻心理莫猜。蚌埠視師操左券（馮大總統南巡蚌埠），一時戰士盡銜枚。

清明後五日感思印師二首

海上騎鯨近卅年，一回追憶一凄然。程門立雪猶如昨，有愧辛勤衣鉢傳。

鯉庭詩禮空留訓，繩武無人可奈何（清儒世兄早故無子）。恭謁崇祠含泪拜，門生今已鬢皤皤。

感思容師即柬卓山世兄

絳帳春風感昔時，執經次第侍皋比（同學一館數人）。舊栽桃李多零落，知否花留三兩枝。

記得師門賞季方，抱携曾共坐饘堂（時卓山尚未周歲）。而今相對皆霜鬢，六十年來夢一場。

熙宇侄孫考醫取録，爲事雖微，然余心甚喜，也詩以爲志

羡爾新傳救世方，青藜時復照青囊。六爻形榜難同昔（清時榜多圓形），三折肱醫乃是良。天下人皆知鵲緩，河間劉本妙岐黄。從今馳譽燕京市，不獨山中藥賣康。

嘲　蟹

騷人每自感滄桑，爾獨橫行依舊狂。窟宅不知變禾黍，原來公子本無腸。

桃城憶舊并柬賀墨儕、馬仁趾

滄桑已閱尚飄萍，回首桃城石醉醒。往事不堪吟落月（杜綱四、石心如諸人，皆物故），舊游未免感晨星。縱疏魚素情難隔，爲覓鴻泥夢屢經。問説精神均矍鑠，何時洛社寫丹青。

寄王次菊（四月十五）

天中節近憶芳塵，蒲緑榴紅色映新。君息武垣知獨樂，我留上谷又三春。前書想誤洪喬驛（久未見答），今日應還合浦珍。爲勸加餐須努力，白頭人惜白頭人。

笑　忙

除課兒童字數行，閑身竊復笑猶忙。蒔花灌水心先到，種菜培沙手自量。香爇移情時撫軫，酒醒得句輒投囊。偶行郊外無須杖，東愛朝陽西夕陽。

述　困

傳家原少滿籯金，差澀空囊感客心。有限衣裘歸質庫，無多時日聽秋碪。他鄉久住終思故，舊雨曾來莫嘆今。爲辦三餐資負米，倚閭南北望深深。

挽王次菊（四月卅日）

望斷詩壇酒社邊，身騎箕尾竟歸天。涌泉寺裏先通夢（前數日，夢次菊招飲于涌泉寺，入寺門未見杯盤而醒，以爲不祥。未數日，噩耗至矣），獨樂園中已了緣（前寄詩有“君息武垣知獨樂”之句，詩未到而公先數日卒）。遺愛曾揮尼父泪，知音復輟伯牙弦。他年可咏三生石，一憶精魂一愴然。

午日寄懷紀慰農丈

榴紅蒲緑映杯盤，遥想高人興未闌。過府頻容雄顧盼，寄詩聊當候平安。絶編簡策欽三易，侍座芝蘭羡二難（嗣君僅如，印清祁，廩生。粒民，印清郃，庚子鄉魁，曾任粤豫政務廳長。昆仲至性過人，現皆家居奉親）。自笑將軍不負腹，但知努力勸加餐。

同日寄紀月波硯兄

硯席相同四座春，年經六十憶如新。重開花徑懷三益，無奈蘭交勝二人（同學四五人，今君年八十一歲，余年七十三，所存者二人而已）。

戲謝京寓中食客

鶴俸微猶借，蝸廬小亦居。憐兒非式燕，有客竟歌魚。瓜集蠅來候，梁[①]謀雁到初。似嫌肩負重，米食恐多餘。

和林秀宜女士《燕京感時詩》原韵二章

（女士現充京師第四女校主教）

一局殘棋倉卒收，燕京時作藝林游。經筵法古津津道，女誡垂今字字遒。口授書無威示夏，心傳文有氣横秋。簪花咏絮長兼擅，足振頹風挽末流。

九天珠玉一枝收，賦茗才高感此游。瓊島春陰花事盡，金臺夕照晚風遒。丈夫得譽同千載（用班昭事），時局更新又幾秋。經席從今屬巾幗，瓣香敬爲溯源流。

戲　題

小星詩本次河洲，失睦師興風馬牛。從此亦當三舍避，水濱一問笑千秋。

---

① 梁：疑當作“粱”。

多才人每累多情，坦白心懷要共明。名爲占熊實引鳳，那知蝶夢誤莊生。

讀紀慰丈命粒民世兄代和之章，叠前韵奉酬

僑居上谷谷非盤，東望鄉關獨倚欄。歌曲忽驚聞白雪，才名早識遍長安。形忘韓賈今誰是，交締紀群古所難（陳紀子群皆有盛名，孔融交在紀群之間，見《魏志》）。轉瞬壺觴就籬菊，壽星輝映擬霞餐。

寄懷張生式僑

筆談燒燭丙辰年，乍合旋離各一天。塞上風雲留翰墨（前閲塞上諸作），保陽山水入琴弦。浮沈人世蕉隍夢，今昔時光雪爪緣。曾借閑情消夏未，寄筒也抵晤尊前。

中元後二日由保陽旋里

歸期歲似雁臣忙，行載妻孥返故鄉。自覺襟懷盟白水，惟慚道德暴秋陽。數家村落田園好，一路風光黍稷香。也向老農課晴雨，蹄操莫笑祝穰穰。

雙雙飛燕去還來，軒小仍臨場圃開。徑許高人携杖履，座邀鄰叟對樽罍。傳經課子期燕桂，舞彩娱親愧老萊（子欲養而親不逮）。讀補南陔頻欲續，毫濡箋展句難裁。

再和紀粒民示和疊韵詩二章

金莖承露漢家盤，竊笑求仙望倚闌。芳徑何如同客賞，藜床亦自覺身安。選詞不礙兼蠻部，盥誦頻驚捧木難。詎獨生花愧君筆，采蘭還羡潔晨餐。

淵源家學舊甘盤，畫壁旗亭興未闌。細律從心欽杜甫，還丹换骨勝劉安。詩成鸞掖談何易，曲奏陽春和亦難。詰屈幾窮供一笑，飯應噴却渭川餐。

感時三章，用璋兒春秋詩韵

壯志空存鬢已霜，顛危時局感蜩螗。世憑庶議參朝政，論半老彭齊幼殤。中夏主盟爭作長，夜郎自大亦稱王。寄言尚武諸年少，幾個强弓挽大黄（大黄，弓名，見《李廣傳》）。

輿羽鈞金判重輕，若拘成見豈聰明。冠裳三代談何易，草木八公望亦驚。南服但疑周鼎小，東瀛誰慮海潮生。干戈是逞知何極，安得仙人問太平。

感閲滄桑倏七年，置君如奕四更遷。驚心兵氣蕭墻伏，到耳鼾聲卧榻眠。駕馭群才誰魏武，振興餘業幾孫權。楚弓得失難同昔，局望和平眼欲穿。

選舉戲題

選舉重開議院成，可憐代議付虛名。紛紛竟作金錢會，碌碌難爲槃血盟。何地無才輸白打，斯人若出誤蒼生。沐猴冠已京華滿，海内猶期世太平。

西湖岳武穆墓（璋兒以岳墓詩來，故擬作）

志返徽欽喪此身，千秋一墓鎮湖濱。緣何過客哀忠骨，不怨新君只恨秦。

咏　史

痛絶黄龍飲，和成白馬盟。偏安亦天定，策豈在書生。

十月十日夜，觀琦兒手工織囊戲作

自笑投詩易，休云脱穎難。願留囊底智，勝似一錢看。

感　懷（報載美國總統威爾遜電賀徐世昌總統應選，文有早弭内亂之語，愴然有作）

七年五次兵戎見，民不聊生國可知。萁豆相煎猶未悟，旁觀垂涕已多時。

增　歲 (己未)

迎新辭舊笑華顛，甲子應疑絳縣年。化蝶曾經續殘夢（少壯時往往有夢，因事而醒，及復睡則前夢仍能繼續，可謂奇矣。至晚年則否），猶龍復欲領真詮。武公勤學同今昔，君奭遐齡卜後先。自問敢云仁者壽，惟無思慮得全天。

張生式僑以楊蔭橋之榆林事記見贈，內載留別和作，因依韻和之

艱危未許感占屯，留作榆林有脚春。不愧愛民稱父母，能令悍寇奉君親（楊昆山以衆叛，公單騎喻降，三郡以安）。黃金願鑄鴟夷像，紅石先傳伯起真（郡紳餞公于紅石峽，留影以備金鑄）。争買綉絲争買扇，萬家生佛認儒巾。

寄懷楊蔭樵同年

彭澤歸來願執鞭，忍言滄海變桑田。杏壇道厄行無地，榆塞春回別有天。竊羨好名三代後，克完大節十朝前。留真淚合碑同墮，紅峽今隨峴首傳。

七月十一日爲余壽辰，璋兒由南京寄其全眷小照，熙雍孫在抱，神頗清爽，傳觀志喜

鄭小同神俊，傳觀樂不禁。象賢期在抱，繩武豈奢心。壽宴杯傾玉，郵程爵獻金。近秋萱更艷，相對酒頻斟。

喜紀卓山已消病假

未須遲暮感馮唐，載筆軍麾閱十霜（充軍械局記室十五年矣）。花甲年逾能作楷，桂辛性秉似生芒。養疴容得逢知己，消假聞先喜老狂。即墨管城閑散久，直廬依舊莫嫌忙。

徐紹卿回黔省親

喜聞歸省白雲鄉，萬里秋風送貴陽。衣上來縫慈母綫，筵前去獻老萊觴。天教燕市多留滯（入學及供職凡十餘年），人羡高堂頌壽康。燕寢修儀重捧杖，問安差慰倚閭望。

種小松二盆，一單一雙

盆種松猶小，龍鱗勢已成。後雕君子性，早錫大夫名。十八曾徵夢，雙單各抱貞。更移梅與竹，爲結歲寒盟。

答俞茳盟書函内遺名戲贈

殷浩空函古所傳，得原自喜失茫然。而今我作無名氏，又惹先生笑老顛。

五孫熙彦生，命名曰阜昌，誤書爲阜生，戲題

晋代羲之又有之（羲之五子均以之名），命名同父後無師。孫昌今誤爲生字（蓋兒輩乳名皆排生字也），笑想燕書舉燭時。

立春日作（十二月十六日）

自閲滄桑後，中華國益貧。談多名世客，治少濟時人。南北猶冰炭，東西孰齒唇。空將杞憂抱，衰朽又逢春。

庚申三月河濱

飛白楊花撲緑津，畫船紅袖艷歌新。詩賡蘭芍逢佳日，水鑒鬚眉感此身。鷓曲留行曾聽雪，鵑聲歸去又啼春。老年見樂無真樂，賴有提壺解勸人。

西　　山（山在保陽西四十里，上有如來殿，每年四月八日，香客集會于此）

節傳浴佛遍塵寰，法駕何年駐此間。廬寄保陽參拜缺，而今始得到西山。

一　畝　泉（一名老龍潭，距西山數里，水約一畝，東流入大清河。進香者每來此玩賞。上有龍母廟，禱雨輒應）

平地源泉出，相沿一畝名。潭深龍據久，到海水常清。

直皖兵争（五月廿六日）

鏖戰畿南又一場，争雄不計國存亡。果真蒼狗垂天象，竟使紅羊劫督亢（涿郡古督亢也）。幾輩論功矜發縱，群兒相貴太荒唐。河清可俟兵難弭，跋扈將軍慣鬩墻。

平陵道上（余携琦、珊二子避亂于史家橋，橋距保陽三十里，在平陵村道上）

平陵道過保陽東，暫避驚塵溽暑中。笑我步行三十里，據鞍孰與伏波雄。

德州魏吟舫先生入祀鄉賢祠（瑛兒同學濂溪農部之父也）

碩學科名仰德門，巨公才子賦高軒。郎官應宿徵乾象，常耀星輝映紫垣。

鍾靈毓秀九河濱，桑梓稱賢感此人。豪貴當年皆斂迹，曾騎驄馬踏京塵。

進作言官退作師，朝中林下肅風規。咸欽鹿洞垂名教，報德馨香喜入祠。

門閭不愧鄭公鄉，水遠山高世澤長。褒錫龍章崇祀典，春秋配享永垂芳。

記　夢（辛酉正月二十夜中，夢師紀印泉先生，命余作詩以“明月月明”爲題，且云昨見報紙一詩甚工，其題亦類此，汝不可不作詩以繼後。醒而异之。噫！印師故已二十年矣，因成五律一章應命，并賦一絶以志感）

恍對臨川月，相輝一樣明。弦曾分上下，魄自有虧盈。作鑒光重照，爲朋字又成。醒來詩應命，筆愧寫雙清。

師門回首帳帷空，鯉死兼無鄭小同。廿載仙游今入夢，猶如侍坐被春風。

自　　慰

敢云仁者壽，書不讀參同。學養浩然氣，能禔藐爾躬。感防來自外，樂覺在其中。行但無須杖，何欣仙御風。

和彭同久祖齡奉天謁昭陵原韵

松楸風帶雨聲來，一閱滄桑便可哀。時食讓皇傳薦果，斜陽翁仲立蒼苔。興京猶是今成夢，輸粟依然古救灾。曾沐恩波思往日，未經展謁亦低徊。

不徒風雨咏東來，塞北山陵亦可哀。映寢有屏門列柏，升香無輦路生苔。靈威自合雲常護，揖讓休虞社有灾。兒輩得隨公拜謁，詩筒遥寄莫徘徊（瑛兒隨彭君赴奉購振糧，陪謁昭陵，并以彭詩寄保）。

風雲奮起自東來，關外騰歡關内哀。如此山河驚舉目，而今寢苑變荒苔。須知局易原由數，且幸鄰豐可救灾。未免有情還自解，千秋一轍漫徘徊。

悲歌慷慨性中來，時事興懷哀莫哀。滋蔓難圖當道草，同岑空見异生苔。政多失敗人爲蠹，國有流亡天降灾。手捧瓊瑶欣盥露，臨風三復意徘徊。

代擬三月三日登奉天清福陵三層樓

得伴群賢上巳游，福陵樓上豁雙眸。無邊松柏千重翠，不管滄桑一段愁。王氣已終棋局易，山形依舊畫圖留。多情尚有張巡使，欲把靈光殿續修（時張巡閲使有重修北、東二陵之議）。

賀許雁江壽

華堂今日彩觴開，嘉客聯翩祝嘏來。松柏南山紀篇什，文章北斗占元魁（君爲某科亞元）。欣逢桃宴春三月，願獻蘭陵酒一杯。聽罷霓裳天上曲，人間争看舞衣萊。

徵　　夢（明月月明夢中題也，前記以詩矣。四月五日得璋兒寧禀云：陽曆五月九號，蒙王鐵珊省長委署蕭縣。按：五月九號即四月二日，巧合明月月明之數，詩以志喜）

情深桃李夢留題，今晤南車路指迷。日月分明徵巧合，預將署篆報金泥。

喜璋兒委署蕭縣

寧垣聽鼓五年餘，鞅掌風塵困役車。小有才名邀薦牘，可能作賦似相如。

漫將小試笑牛刀，入境弦歌望爾曹。獅搏球猶用全力，未須撫字怯心勞。

醒後題詩紀月明，清和二日兆先成。處人間世原如夢，周蝶模糊過一生。

琴帶南薰江北鳴，花封百里舊龍城。家貧親老同毛義，捧檄知欣此一行。

壽日戲成二律，分寄在外諸子

酹金獻不阻途遥，北自燕京南自蕭。桐葉報秋過六日（是歲七月五日立秋），桃觴介壽是今朝。九如詩喜青披竹，三祝詞欣緑寫蕉。彭祖似奢君奭可，醉吟曾未壯心消。

七十六年辛酉秋，又逢海屋鶴添籌。飛分南北兒同雁，盟結東西我似鷗。樹藝專科遵後稷，弦歌雅化法言游。警聽供職踪仍滯，幼子追隨杖捧鳩。

辛酉八月四日，由京到津，次日至徐，一路均李君育才招待，車中口號一絶

車中漫説遇才難，説劍談兵結素歡。數里河橋乘夜渡，耳聾却覺水安瀾。

五日住徐州新旅舍，適熙齡、熙良兩孫赴南京就學，遇于社中，育才以詩見贈，次日到蕭署吟此爲和

南來就養仲秋天，斗大山城古國傳（古蕭子國）。有子郊迎孫旅舍，承歡也有後先緣。

署内劉穎唐、王麗生、劉慕申諸君盛饌接風，詩以志謝

諸君愛我饋珍肴，酒食連朝困老饕。俚句凑成供一笑，敢云報李與投桃。

和顔筱蘭見贈原韵（筱蘭，蘭舫子也）

閑尋古迹尚多存，文采躬修漫并論。賦夢未能忘宋玉，書紳端合祀顓孫。

同筱蘭游聖泉寺，口號原韵

拜石曾經羡米顛，偶尋山寺更聽泉。僧房衹有雲來去，令我空參玉版禪。

孟明川科長饋椒鹽月餅，詩以爲謝

食品頒來有意無，籤題觀玩志躊躇。國風椒賦當年實，學士鹽懷舊日厨。如水由來交以淡，有鄰重信德非孤。淵源亞聖欽崇久，頤朵時同味道腴。

龍 鳳 二 山

鳳嶺龍崗繞縣城，秋來入畫不防平（二山無奇峰）。屐游切莫童山笑，一樣風雲足下生。

史 閣 部 祠（志載閣部督漕運時，值蕭大饑，撥米爲賑，生活無算，邑人爲立生祠，今荒廢）

閣部祠堂久廢荒，休將往事感滄桑。忠魂有幸依梅嶺，姓字猶增志乘光。

游段氏園林二首

怡 顔 山 房

段氏園林偶一過，怡顔依樣賦庭柯。歸來不減陶元亮，四面雲山安樂窩。

三　層　亭

亭登絶頂趁清秋，遠近峰巒一望收。莫笑龍城如斗大，此間佳氣接徐州。

遣　興

桂花秋過菊花秋，料理奚囊好句收。計日登高勞指點，嵐烟擬似看齊州。

聖泉寺古槐

聲音亭畔樹，劫火未曾侵。五代人民閲（俗稱此樹爲唐槐），孤根歲月深。生瘿山肖像（皮根有數瘿，均肖山形），空腹石爲心（樹傾欹，東向，身半空，壘石支腹中，其直上一幹，尚多生意）。小憩山椒寺，兹游志向歆（與璋兒同往）。

三　仙　臺

今訪三仙臺，未見三仙面（臺在玉皇殿别院，廟門鎖閉）。下瞰石棋盤，身依玉皇殿。農田積水深，望洋轉興嘆。指點水中村，昨曾助一戰（前日追剿土匪，鄉民助剿甚力）。義勇有古風，無難勸以善。

和卓御清見贈詩用腴韵

蝶夢蘧蘧事有無，南華取喻莫躊躇。未須衰朽傷蒲柳，且把才名羡顧厨。緣結偶留鴻雪印，品高還仰客星孤。手經盥露瑶章捧，錦綉心腸唾亦腴。

蓮社重開許入無，青囊企望更躊躇（卓善岐黄術）。經書内外風生筆，藥貯仙凡月映厨。術可回春同雨露，仁能濟衆到貧孤。稱良久佩肱三折，醫我塵心得道腴。

和孟明川送韓華賓回省

談笑得瞻韓，室邇人非遠。萍水合忽離，後會期相見。歸裝襆被輕，别筵酒杯滿。賑發可重來（韓時來查賑），佇立望江岸。

明川好佛，以禪語入詩見贈，因用腴韵和之

一入祇園空色無，焚香頂祝莫躊躇。參禪諦悟東坡笋，綉佛齊同蘇縉厨。鹿踏花行原自静，龍眠樹古豈嫌孤。傳來偈語當頭棒，學種心田美且腴。

蕭署即事示璋兒

座中賓好半詩人（署中朋好多能詩者），得飲山泉清倍真（聖泉

寺水最甘，署中飲之)。政暇聚談多韵事，不同俗吏溷風塵。

軒敞東西見翠鬟，勝他宗炳卧游山。有時重到江南日，小住行窩擬此間（署内東齋最高，敞開軒見山)。

和卓御清二章次韵

浩瀚汪洋海賦篇，勝他留竹選亭椽。意新不礙錦裁地，句煉還驚石補天。起草幾回慚露布，盥薇三復讀雲箋。詩筒往返鴻留爪，莫謂鴻飛便渺然。

臃腫無材未見奇，龍鍾愧贈介眉詩。月明三徑游相約，竹種千竿俗可醫。禮佛世多憑戒牒（時孟科長喜參禪)，學仙人每藉軍持（賈島詩“我有軍持憑弟子，岳陽江裏汲寒流”，島字閬仙，此借用也)。平心養氣衛生主，道與參同一貫之。

蕭署戲題

杖側萊衣欣子舍，階前燕桂長孫枝（璋兒亦有五子)。若將兩代徵人瑞，竇十郎家有過之。

九日登高

保陽山記山腰止，北鳳今仍未到巔。天想教留餘地步，恐隨捷足快登先。

龍山不是者龍山（縣東南二里有山曰龍山），詩筆無妨借此間。弗遇桓公空落帽，參軍誰識意蕭閑。

水色澄鮮山色腴，子孫扶杖信非孤。江天一雁留圖畫，杯酒雙螯勝筵厨。賞菊此間余眷戀，插萸幾處客躊躇。造巔語恐驚天上，故步仍封人識無。

小　住

小住山城一月餘，臨行攝影樂何如。江南直北郵車速，雲鶴仍歸舊寄廬。

留別蕭署諸友

得接談霏玉屑塵，相歡未已動歸輪。一觴一咏一游眺，竊笑行窩作主人。

重會群仙莫計年，四山秋色畫中天。諸君未可輕相弃，鴻爪由來証夙緣。

記事五章（并序）

九月十一日，余由蕭赴徐，璋兒送至車站，住新旅社。十三日，璋兒同其友高仰之至站，余乘車赴濟南，楊奎軒同行。至濟游明湖等處，次早復乘車而津而京，瑛兒已在東站迎候矣。

十七日午後，瑄兒送至西站，顏景鑰隨行。晚八時到保寓，而珊、琦兩兒皆候門焉。所謂“兒送兒迎直到家”也。得詩五章。

計程六十半風塵（蕭至徐州六十里，出蕭界頗有風塵），山色波光畫裏身。父坐肩輿子乘馬，遠勝負弩向他人。

慈孝心懷鑒月明（月下候車約一時之久），秋風瑟瑟助驪聲。多情更有高常侍，目送郵輪歷下行。

水流豈獨在山清，趵突三泉噴玉瑩。有本如斯徵道妙，祠前游眺憶歌纓（濟南城外呂祖祠前有趵突泉）。

名勝爭傳古歷亭，春秋佳日每舟停。明湖照影雙眉潤，千佛迎人一望青（歷下亭）。

二千里路一郵車，兒送兒迎直到家。收拾湖山作詩料，愧無妙句可籠紗。

憶蕭用米海岳韵

斗城小住儼壺天，來去郵車穩似船。未涉黃桑留待後（縣東南有黃桑峪，山勢幽邃，相傳爲漢高祖避難處），如游赤壁賦成前。杯螯願總高峰抱（九日登鳳山，未臻絶頂，與去歲登保陽山同，亦奇矣），橋梓容欣合照傳。更憶吟壇多健將，師非孫系敢誇偏（蕭署賓從，多能詩者，時相倡和爲樂）。

咏　　史

鴻門一誤再鴻溝，勇力焉能勝智謀。垓下悲歌空自惜，已成事業竟歸劉。

蕭縣農會古柏（前游蕭，于九日登高，回憩于北門外。農會院有古柏一株，高數丈，附凌霄五，高與柏齊，青葱可愛，補咏以志奇异）

黛色參天性後雕，更欣齊附五凌霄。巢高定有千年鶴，城郭人民閲幾朝。

有　　感

雌黄口角風雲變，坦白心懷日月光。勺飲貪泉吴有咏，珠還合浦孟流芳。久居豈覺長安易，每飯何曾鉅鹿忘。木本水源先世澤，敢云佳氣鬱蒼蒼。

代瑛兒冬月赴奉省之作

從事賢勞我獨偏，朔風邊月苦寒天。重衾四襖幽州咏（前人赴幽有句云“朝披四襖猶操手，夜用重衾怕露頭”），况遠幽州更一千。

辛酉除夕

荏苒光陰又一年，依然守歲笑華顛。愛深二子晨昏日（琦、珊侍保），望極三男南北天（瑛、瑄在北，瑋在南）。椿老敢云仁者壽，棠甘每憶古之賢。曉鐘待聽新春報，可有卿雲現日邊。

壬戌元旦

喜逢元日禮詩龕，珠向驪龍頷下探。年計名應呼七七（殷七七有道術，余行年七十七，故借用），徑開春復入三三。馬曾顧視群空北，鶴每飛翔曲奏南。揮麗吟毫情未已，更欣斗酒對雙柑。

人　日

梅花柳色句生新，每憶高公寄故人。莫笑五旬詩學淺，深情一往有誰論。

立春日戲題四首

梅紅竹翠寄廬春，祿養年年歲又新。贏得耳聾心轉逸，免將閑事問旁人。

彩勝簪來節應春，鬢華依舊歲華新。酒無酒有尋常事，仙佛能分是解人。

少年休笑老年人，來去韶光共舊新。吹律鄒陽如再見，應同黍谷早回春。

攘熙半是利中人，世界空分舊與新。我獨共天爭歲月，八千秋繼八千春。

夢　蛇

蛇象胡爲曉夢呈，蜿蜒數丈記分明。龍頭尚未生鱗爪，依舊門墻隙際行。

上元日游保定公園，用東坡游黄州女王城詩韵（并序）

保定城南，清河以北，昔有小校場，場外爲葬叢。前年曹督將各冢遷移，闢爲公園。其中歌臺舞榭，茶館酒樓，花木魚鳥，無一不備。復鑿渠引流，築土爲山，造觀音像數座，揚瓶吐水，遍灑甘露，儼又清凉世界，信可樂也。余率眷一游，有感而作。

閑扶藜杖入園門，絶勝山莊入畫村。宵月明教燈奪色，羽觴飛更酒添痕。游踪徑滿誰懷蔣，叉手詩成獨憶温。地運轉移不無憾，此間恐有未招魂。

感　時

不管畿疆作戰場，風潮暗起笑雙方。太平時待誰陳老，帷幄人多孰子房。到處蒼生傷鮒困，自尊白帝總蛙忙。慈航渡海千秋轍，救苦何須更造梁。

春游遣興（仍用米韵）

林花堤柳暮春天，紅映巾車緑映船。香落影憐辭樹後，絮飛身認化萍前。蘭亭視昔文多感，塵世經今代六傳（歷清道咸同光宣五代，今又民國十一年矣）。山水久欽仁智樂，游觀好豈老來偏。

咏琴書二硯（一研琴式，一研書式）

臨池神到彩毫巔，琴趣書香妙并傳。豈獨消憂同靖節，更欣幻石助雲烟。

時　事

同行入夏兩知音，前代人材總异今。柄倒太阿中棘手，籌揮羽扇各雄心。藍田將帥防青島，紅板書生鬥緑林。血色玄黄龍戰野，地經過客泪沾襟。

大旗閃閃馬蕭蕭，士貴無嘩將戒驕。擊楫渡江誰祖逖，傭書投筆幾班超。止齊嚴令遵甘誓，多少忠魂待楚招。沙漠戰場忽燕趙，未須吊古吊今朝。

憫　亂

一變滄桑倏十年，年年大局厄于前。司農仰屋無餘粟，内庫空囊少看錢。魚樂水中忘在釜，蛙居井底也窺天。無名師出仍鏖戰，鷸蚌相持不自憐。

時局竟同秦逐鹿，英雄争學漢從禽。駐兵内地誰賓主，轉戰中原互伐侵。形設岩疆山海險，聽思將帥鼓鼙音。希夷一睡醒何日，衰老空存壯士心。

和張場長試驗場春日閑居原韵

金戈不問挽斜暉，花下行觴似羽飛。醉看蝶團香片去，羡他也解惜殘菲。

番風次第被吹嘘，開到桃花肥鱖魚。擬作仙源不迷路，恐同舟誤武陵漁。

笑將明月證身前，勝讀南華秋水篇。曠達不矜尋妙諦，王官谷裏品詩天。

能向花前醉幾回，每當月夕便樽開。杯邀也欲成三影，此樂原從太白來。

一琴一酒一詩卷，主是何人客是誰。靖節歸田悦情話，自安天命不須疑。

千古河山一局棋，新亭垂泣亦徒悲。太平景象期重睹，莫待陳摶①睡醒時。

色色空空本是無，一尋迹相便成愚。神仙修到猶餘恨，吴斧偏逢桂一株。

花爲屏映草茵鋪，點綴吟毫入畫圖。果爾詩清茶可助，舊經還欲續君謨。

憫　時

衣裳不會會干戈，揺蕩畿疆莫我何。也欲霸齊無管仲，常思用趙有廉頗。武裝統一謀原拙，志士悲歌感最多。人力已窮仗天力，早教荆棘出銅駝。

聞蕭署失慎

驚聽蕭城走祝融，怒因何事激天公。財傷幸得人無恙，猶是蒼穹默佑功。

---

① 摶：疑當作“搏”。

餞　　春

無計留春句細裁，魚烹石首餞筵開。楝花爲報番風盡，預約明年早日來。

時　　局

將似李朱唐季世，臣如王謝晋偏安。民心天意知何向，愁對棋枰一局殘。

戲　　題

遼河波欲撼燕山，十萬雄兵盡入關。鞭未斷流花未看（檄文有“觀兵武漢，洗甲長江，豈第投鞭斷黄河之流，走馬看洛陽之花而已哉”諸豪語），衹赢弃甲聽歌還。

哭二女淑筠

閏午驚聞耗到門，生多抑鬱死奚論。勃谿知爾從今免，又恐衣蘆愴去魂（女適饒陽常翼銘，字鼎臣，遺有一女）。

近聞榆關道直奉又各增防感賦

慘矣榆關戰（春間奉直之戰，山海關一役較長辛店死傷尤多），增防今又聞。祇知尋果報，不管兆瓜分。危局同朝露，窮途感暮雲。天心非好殺，何日息紛紛。

遷居書懷（九月三日作）

寄廬無定任東西，隨寓而安自品題。覓句效顰娛老境，銜杯樂聖忘羈栖。不羞短髮難勝菊（種菊數盆，花有徑六寸餘者），生恐先鞭始聽鷄（養九斤黄鷄二雙）。節近重陽懷舊歲，曾登鳳嶺負雲梯（去歲在蕭署，九日登鳳山，未臻絶頂）。

九日登保陽大慈閣

高閣發臨亦振衣，秋風瑟瑟雁南飛。故園東望無多路，忽復三年滯未歸。

癸亥人日，招袁儀堂小飲，蒙贈緑茶志謝

樂逢人日洗樽罍，酒酌還邀句共裁。自笑好吟清思少，多情爲帶緑茶來。

由來佳茗似佳人，瓶譜笙簧四座春。總少樵青供竹裹，緑衣不爲減精神。

鷄

性含五德職晨司，岌岌高冠寄短籬。聞异惡聲因起舞，鳴堪作警已歌詩。函關鳴斅險能脱，茅店行催意恐遲。爾果更通玄妙理，窗談可慰寂寥時。

送幼女隨母旋里

此去其如廢學何，數年辛苦墨空磨。讀書娱母須仍舊，待父歸來字訂訛。

京　寓

保陽仕止十餘年（用可以仕可以止之意），今乃分觀四處天。旋里有時無定日，去留隨意便欣然。

人生如寄等浮鷗，小住京華娱白頭。椿老一株桂枝五，聚談時每憶徐州（瑛、瑄常待①左右，璋在徐州，故憶）。

勵琦、珊二子

謹慎一生有孔明，爾曹况復質平平。辛勤自勵輝棠棣，免

---

① 待：疑當作“侍”。

得他時累乃兄（入學數年，皆爾諸兄供給，可不勉哉）。

自　述

艱難困苦身曾歷，耄耋期頤壽漸臻。豈向參同尋道術，但憑安遇養天真。昔權仕止塵中客，今賦歸來世外人。近第學痴聾不學，衹緣耳重日增新。

醫聾戲筆（余病聾有年矣，素不喜藥，未就醫。今春由保赴京，住瑛兒寓。有故人倪淑辰，精岐黃術，聞余來，枉駕兒寓，高談移晷，云聾可醫，因診視，成方而去。連服數劑，殊無影響，因戲成五古一首。文雖游戲而言多箴諷，故録存之）

余素不喜藥，病多勿藥喜。增二壽八旬，服藥三五次。未解養生術，病亦不纏己。惟覺耳鳴蟬，忽忽有年矣。丙辰冬至日，雪掃庭院裏。内熱寒閉之，聾重自此始。但聞雷霆聲，不知風雨至。玉音怪人閟，木偶笑相視。當年老許丞，耳重詎若是。終日悶何有，觀書吸烟耳。昨有故人來，云熟岐黃理。醫聾愈多人，君曷一嘗試。余忽聞此言，不覺私心起。傴僂善承蜩，專心多妙技。儻能耳殼開，藥或天所賜。不喜喜轉生，轍頓前後异。那識亦平平，步徒失故趾。立志貴不移，移志多類此。

農場賞花

老放看花眼，花休笑老顛。鹿迷蕉葉夢，鴻証雪泥緣。得領衆香國，如游上界天。風雲多變幻，閑散即神仙。

重登暢觀樓

閲罷滄桑喚奈何，曾登絶頂感山河。十餘年事一回首，蒿目時艱戰伐多。

三月十九日南海開放，紀游十二章

雙華出入隨人後（由新華門入，福華門出），二海南中任我游。仙境何曾薄衰朽，却忘福是幾生修。

船　塢

停船有塢塢生春，春水揚波鴨緑新。船上坐如天上穩，水中影似鏡中真。（連珠體）

流　觴　亭（即流水音）

流觴曲水仿蘭亭，四面春風助性靈。但恐坐中無逸少，徒教局外説劉伶。

人字柳石（人柳枯朽已久，立石其地，刻感柳詩三章，清純廟御筆也）

柳去爲留鸞鳳章，似憐漢殿立斜陽。而今風雨侵頑石，誰更題詞志不忘。

瀛　臺（在南海中，上有蓬萊閣）

指點蓬瀛莫漫猜，烟波深處聳樓臺。紅塵十丈飛難到，只有雲呈五色來。

大圓鏡中

衣冠可整鑒常懸，此殿胡爲額大圓。心鏡欲同明月照，直教萬里等階前。

萬字廊

水上迴環萬字廊，廊前香國屬花王（廊北有牡丹百餘本，花開甚盛）。游人到此争停步，魏紫姚黄細品量。

春耦齋

民爲邦本食民天，春耦齋臨中海邊。當日省耕勞帝力，豳風無逸尚圖懸。

紫光閣

高閣凌霄仰紫光，御容歷代個中藏。遍觀難禁興亡感，不重丹青重帝王。

四壁宸章焕斗牛，鸞翔鳳翥足千秋。揆文奮武斯爲盛，廊下循觀去復留（閣院周廊，壁皆嵌石，刻乾隆御筆詩文，文德武功極一時之盛，洵大觀也）。

行步兒扶勝杖扶（瑛兒隨游），是間山水總堪娱。登臨夙願今方遂，可擬蓬萊頂上無。

餞春筵罷譜熏風，智水仁山樂不同。并入丹青好圖畫，不知身在畫圖中。

游　北　海（四月十八日赴北海，由左承光門出入，命瑛兒携筆紀其名勝處所，回寓各系一詩以志游興）

白石平橋

駕梁未許叱黿鼉，十丈平橋緩步過。水似琉璃欄似玉，游魚聚影不驚波。

瓊　　島（由下至頂爲石階，五層，計一百八十八級）

高插丹梯入紫霄，登臨絶頂隔塵囂。島巔佛殿慈雲繞（殿之三面用琉璃磚，磚各佛像一，共三百餘尊，前面銅窗銅門，巨觀也），俯視神京歷幾朝。

年來曾作景山游，十丈紅塵眼底收。今日山腰向東望，景山亭子恰平頭。

瓊島春陰（石幢東向，刻有乾隆御筆詩三首，前階下又有大圓白石三，南北列，鑿若池形，各刻一龍于内，殆祈雨處也）

石幢前刻二龍池，龍似雲從布澤時。春日陰曾神島借，异他僅護海棠枝。

漪蘭堂

三面周圍兩路通，漪蘭堂外秀芙蓉（水中多蓮）。納凉再到香應發，畫舫穿花不計重。

闡福寺（正殿有檀香大佛一尊，去歲殿灾，像已灰化）

檀香佛像幾多年，結得人間供奉緣。想是彼蒼嫌久假，特教風火拔升天。

小西天（在闡福寺西北，有亭一座，其式如殿而無墻壁，高數丈，廣大數十間，楹柱百餘。中築一山，山西南有角門一，可通盤路。山頂立銅菩薩一尊，四周皆塑像，面目姣好，細腰胸闊，頗類比丘尼。亭上有小匾曰：極樂世界。亭四角外各一亭，四面各以玻璃爲窗壁，裝置甚工）

世界宏開極樂天，莊嚴四面總無偏。此間又作盧仝飲，七碗泠泠欲學仙。

萬　佛　樓（在闡福寺東迤北，樓凡三層五門皆黄琉璃磚築成，每磚造佛像一尊，三層皆然，外面抱柱椽拱皆用琉璃瓦包鑲，不見木迹，亦大觀也，然所費亦太巨也）

高樓奉佛起三層，四面菩提得未曾。只見琉璃木無見，神工鬼斧信堪憑。

九　龍　壁（在萬佛樓西，正殿久圮，只餘一壁，其質爲琉璃磚所砌，中成九龍，奇觀也）

琉璃砌壁九龍盤，勢若飛騰畫亦難。自古神工神力護，縱經風雨不摧殘。

連　理　柏（在廢殿前，東西并列，距四五尺，兩身共抱，合而爲一。東一株由南面往西抱，西一株由北面往東抱）

不獨花開并蒂蓮，枝生連理亦堪傳。何如北海千年柏，合舞雙虬欲拂天。

三　海

三海欣爲次第游，壯年夙願老年酬。一生飲啄皆前定，無奈人多抱杞憂。

有以詩翁自居，以集見示，戲成

纖塵能讓岱成尊，平地丘陵妄輊軒。人各有鳴鳴大小，何嫌布鼓過雷門。

七　夕

雲錦織成帝債償，鵲橋初渡趁新凉。會離原自人天异，那有痴情泪數行。

京寓自壽二首

喜挹西山爽氣來，五男進酒壽筵開。遥知幼女慈雲護，也向京華一舉杯。

鶴俸權支憶昔時，盤中連展鼎黎祁（陸游詩注：麥餌，名連展；豆腐，名黎祁）。滄桑已閲風雲變，蒲柳休傷日月馳。歲到太公知忽忽，年行君奭尚遲遲。遐齡笑向天公乞，南極星輝映酒卮。

七月二十三日旋里

屢次歸家未算歸（余在外四十年，其間七次歸家，共計日期不過一年），今朝真得守柴扉。門前槐列渾成市（門前有槐四株），垣上苔生似着衣。愛聽松濤宜朗月（院中有松一株），笑看檐角透斜暉（屋有露天處）。數椽願築新茅屋（院内上房早圮，久欲重建），賞雨壺春逸興飛。

中秋月下

女解陳瓜果，中庭月色新。五男三處共，應念老靈椿（三男在北京，一在徐州，一在保定）。

九　日

螯酒欣逢故里秋，漫羞短髮白盈頭。數盆菊羡寒香對，不是陶潛亦寡儔。

築室落成

作室經營梅月天，總非輪奐亦勝前。冬無燕至知遲賀，春有鶯來待共遷。小築已勞佛六百，落成不羨客三千。一詩一酒一髯叟，安樂窩中娱暮年。

閲報有感

甲弃長辛甫一年，緣何兵又近關前。不收旅大聯三島，更恃林胡作二天。鼠竊罔知生禄盡，鴟張翻冀死灰燃。中原定有廉頗將，劍戟消鋒眼欲穿。

樂　境

好景堂前晤化工，任人自取四時同。聽鶯柑酒消閑日，著象薰琴解慍風。菊賞麂籬霜徑外，梅尋驢背雪中天。詩情畫意煩襟滌，此樂都歸食蔗翁（余嘗自號蔗園）。

癸亥除夕

屠蘇娱老朽，禄米累兒曹。室异輪成美，臺因債累高。樂天多曠達，知命少牢騷。明日欣春至，池頭咏鳳毛。

甲子元日，預用耄耋印章戲題

禮經耄耋字珠聯，預印紅泥甲子年。寄語世人莫相笑，雄心猶欲着鞭先。

上　元　夜

故鄉又看上元燈，鐘鼓聲喧樂不勝。八十年華明歲届，釣璜空負夢熊徵。

許承耳重笑今吾，雪上鬚眉入畫圖。明月春燈猶似舊，杯盤招飲故人無。

二月二日

唐家今日進農書，一様堂懸無逸圖。近世衹知工聚斂，誰將辛苦念犁鋤。

和王漁江詩四首原韵

上將風流總屬儒，出師雙表伐當塗。而今空效軍中扇，自古多吹庭内竽。幾輩栽培成玉汝，何人仕宦羡金吾。退居野老且尋樂，閉户閑觀山海圖。

箭用宜長弓挽强，列雄争長迭興亡。滄桑變似秦馳鹿，胡越和同晋引狼。但覺遣愁須縱酒，忍言作戲亦逢場。荒村地僻無兵燹，當息遼東穿膝床。

漫離規矩論方圓，下士偏多名利牽。勇孰劍提希孟起，正誰筆諫似公權。心謀同异真如面，諂笑逢迎但脅肩。不顧千金蹈東海，古今共仰魯連賢。

絳帷曾奉瓣香來，傷看曇花一現纔（張生沂亡最早，十八歲入學後，僅博食餼而已）。仲慰蓬蒿今尚滿，梁公桃李昔空栽（昔日門生，今多物故）。番風楝子春行餞，出水芙蓉句待裁（時當春末，後五日立夏）。拋却牢騷成曠達，吟饒餘興更銜杯。

養鷄一群，栽菊一畦，戲題

養鷄種菊老年場，撿葦編籬各一方。得食雖争廉自在，與人偶對淡相忘。有時鬥勝長鳴敵，無歲登高不佐觴。瑣事亦須親料理，閑中笑惹個中忙。

自　遣

歲月蹉跎笑此身，任他老態日增新。耳充少雜塵中事，心静多全形内神。鷄性樂群難立鶴，豹斑略見豈知人。若將甲子方君奭，纔歷甘棠一半春（召公年百六十）。

謝紀僅如兄賜籐花佐酒

節過浴佛氣清和，詩酒閑情老更多。忽捧朵雲花見贈，肯教竹葉負藤蘿。

誕辰自壽

桐葉報秋三日後（是歲七月八日立秋），松枝獻壽小堂前。去年記得京華宴，暖玉杯曾五子傳。

舟行寓目（甲子九月，鄉間匪耗日逼，十六日拂曉，有至史家樓消息。余于十七赴小莊，次早乘輪船赴津。時津南水灾甚巨，寓目之下，哀樂叢生，抵京後，詩以紀之）

田成水國嘆鴻嗷，也學騷人一賦騷。縱未灾黎葬魚腹，堤高野宿半團焦。

何曾帆力借風婆，輪轉能衝起伏波。行到三河連岸處，浪花一片夕陽多。

有感

金戈有力空迴日，玉璽無光辱在塗。敢謂禁軍皆左袒，都緣執政鮮良圖。塞翁得失胥由馬，秦代經營只備胡。酣睡希夷何日醒，瘡痍滿目得來蘇。

德星未盡聚京華，尚有徐州天一涯。幸得兩孫來就學（璋兒寄寓徐州，遣齡、良兩孫來京求學），仿他七藝各專家（七業俱興，見《晋書・劉殷傳》）。巢危誰鑒幕前燕，隅負人同井底蛙。詩酒樂尋還自笑，杯能邀月筆無花。

雨雲

雨雲反覆感茫茫，虎去狼來占上方。試問今朝公府客，半多前度咏劉郎。

至日自遣

葭琯灰飛酒一樽，晴窗澌釋硯冰痕。詩吟驢背尋梅嶺，夢寫羊蹄破菜園。八秩漫驚馳歲月，七篇猶喜課兒孫（孫輩由校回，亦課《孟子》數頁）。人生自有家庭樂，長幼圍爐笑語温。

無人問字載花尊，往事空留雪爪痕。癖左于今懷武庫，題橋自昔壯文園。雲停思在親兼友，星聚占同祖與孫。更喜朝來晴日暖，陽生已笑似春温。

時　　局

浪説和平妄自尊，水中雲影鏡花痕。徇情命令仍頒府，養晦英雄且灌園。前後表陳空憶葛，十三篇在敢師孫。破愁何事資談笑，不出雷塘屢示温。

某公游北天台山

阮劉未到此天台，有佛曾無仙子來。齋飯胡麻原异味，想因懺悔倒戈回。

盆　梅

返却孤山一縷魂，香寒影瘦兩三盆。梅花佳咏難終數，詩格端推和靖尊。

盆　菊

傲霜骨格還凌雪，入室欣邀壽客來。前醉重陽今臘月，梅花香裏舉陶杯。

盆中梅菊合咏

黄華塵接緑華塵，羡爾同爲入幕賓。陶令無須就籬賞，少陵未許傍檐巡。晚香耻與群芳伍，共笑知生四座春。屋勝裝金盆勝玉，若能解語勸杯頻。

書齋閑咏

盆花數種异唐花，不羡豪華羯鼓撾。城市山林聊自適，門無車馬是吾家。

臘　八　粥

楞嚴閲罷憶靈岩（靈岩寺僧嘗于臘月八日放八寶粥），粥放非關飽老饞。佛界慈悲值今日，民間疾苦幾時芟。

水 仙 花

凌波微步襪生塵，恰似姍姍洛浦神。形色不須人擬議，黄冠翠袖自留真。

迎 春

花開簇簇色勻勻，合與黄梅結作鄰。窗外雪晴寒不入，仗君迎得滿堂春。

天竺牡丹（秋日插芽，冬日開花，亦頗嬌妍可愛）

相逢一笑問三生，天竺何年錫此名。遷地爲良能冒雪，浮雲富貴可同情。

燕京除日（用東坡尖叉韵）

雪消九陌静塵纖，恣意游春禁放嚴。到處樽知雲母酒，幾家厨衹水精鹽。銘題柏業看新字，臘送梅花笑傍檐。子舍承歡除日宴，酡顔喜欲上眉尖。

迎新送舊句嗚鴉，螢照辛勤每憶車。笑我詞章多了草，閲人眼界半昏花。酒先少者醉長夜，字帖宜春遍萬家。詩拙自慚隨島祭，手遲還愧學温叉。

乙丑花朝自遣

花朝飲酒醉顔酡，伏櫪吟成奈老何。與歲月爭贏白髮，且將多壽補蹉跎。

示　璋　兒 (時代豐縣)

宦海沈深昔所聞，而今覆雨又翻雲。渡淮唐介憑忠信，望爾無忘清慎勤。

分菊數種，惜爲雀彈

春暮風猶帶曉寒，閑分芽菊傍闌干。護持偶忘花鈴繫，嫩緑憐他被雀彈。

憶耿太守蔭庭連理玉烟壺再賦

記握雙壺認玉妃，烟花羨爾兩相輝。香分空色憑人領（壺外滿刻梅花，梅之香屬空，烟之香屬色），巧奪天工想入非。

蜂　衙

翼使聲喧放午衙，紛紛出入總無差。微蟲也秉一王令，爭似中華散似沙。

八旬自壽

八秩稱觴乙丑秋，星輝南極映南樓（本宅舊有南樓，村中人至今呼我家爲樓上）。兒孫遠至燒雙燭（璋兒携齡孫由金陵北來祝壽，帶燭一對），鄰里咸來頌九疇。增歲欣看籌數鶴，涉園幸未杖扶鳩。滄桑已變曾經閱，不羨仙人海上求。

送璋兒南旋

承顔匝月纔歡聚，拜别明朝又遠行。負米知能供子職，縫衣未免感慈情。人生離合原難定，運會乘除却易明。昔者若非今即是，矜平躁釋自心清。

囑子課孫

一經各執勝籯金，子和曾占鶴在林。六六峰頭雲散布，蒼生霖雨望殊深。

丙寅夏日，獨坐無聊，因憶保定公園，感而有作（用漁洋秋柳韵）

歡場新闢舊招魂，曾出南薰解愠門。净掃叢丘埋骨迹，争看菊部抹脂痕。花深渾似游香國，橋小翻疑入水村。地運轉移原有數，此間哀樂兩難論。

葛屨誰知賦履霜，造樓築館鑿池塘。鬚眉擬著阮孚屐，巾幗思開織女箱。洛社盛難繼温潞，竹林貴孰避山王。經營伊始須持重，公義纔堪樹表坊。

水痕苔迹破垣衣，數載繁華近已非。濠上餘情留仿佛，亭中小憩記依稀。蕉迷鹿竟成空夢，泥印鴻知何處飛。爲問公園重理否，再來游興恐多違。

臺城坐困病相憐，戈倒渾如風掃烟。土木工興空急急，園亭樂事未綿綿。白宫門閉成陳迹，黄土填街誤往年。鴻雁失群類如此，孤飛寒影暮雲邊。

夢紀印師有感

回首程門立雪深，白頭猶是受書心。光陰迅速渾如夢，向日花樽又夢尋。

退喜曾聞訓鯉庭，孰知鯉化負傳經。出藍我愧青能勝，一瓣心香感涕零。

燕京閑咏

去日難留來日忙，百年荏苒電流光。笑予猶未忘塵事，時遣兒孫讀報章。

九日二首

壯志蹉跎奈老何，惟餘健飯似廉頗。學如流水盈科進，事等浮雲片影過。直北鴻嗷平野遍，江南龍血戰場多。西風瑟瑟吹襟袖，聊借登高一嘯歌。

重陽乘興力車游，且莫龍鍾笑白頭。湘鄂戰雲猶未散，何人落帽賞風流。

十月十六日悼落齒

清談漱石老難同，再過屠門嚼亦空。未許牙軍容一幟（祇餘一齒，今又落矣），獨留舌劍伴衰翁（時余年八十一矣）。教余感觸梅花月（元配劉氏是日亡），憐爾辭隨楝子風。更覺黎祁滋味异，朝朝鼎力笄厨中。

問落齒

梅花細嚼幾經秋，先後辭勞無計留。今日數全三十二，相逢説負主人不。

原落齒

昔從少壯時，森森白如玉。攻堅勇賈余①，合作夫非獨。血氣既已衰，輔車空相屬。衆隨轉風蓬，自效傲霜菊。我當息嗔怒，爾勿怨驅逐。

責落齒（責其損人不利己也）

回難召寇萊，去异拔丁謂。戎首誰使之，殿軍亦悔未。官不助朵頤，食應思滋味。責求必爲辭，與點空嘆喟。脱身非保身，明哲所以貴。

菊花羹

不獨調梅用作羹，又餐秋菊落時英。淵明當日應先食，一勺真堪解宿酲。

紙牌

博局雖雲戲，猶賢飽食蹲。分門如列陣，圍坐似開樽。護必從頭數，輸當屈指論。用心隨好手，上下覆還翻。

---

① 余：疑當作“餘”。

冬　至

歲歲今朝酒半壺，黄巾又避到燕都。消寒圖藉梅花寫，第一枝頭一點朱。

梅含紅萼柳含青，葭管吟餘倒酒瓶。醉後未須説戎馬，還將孝敬講家庭。

聞璋兒眷屬到津

聞離白下到津門，時局風雲不待論。爲避兵戎居又卜，喜占逢吉到兒孫。

憫　時

敢攖久已嗤馮婦，自大人還笑夜郎。旋轉乾坤果誰是，真英雄出日重光。

聞江西滕王閣被焚

滕王高閣聳層巒，作序才名憶子安。秋水長天猶昔日，一經烽火有誰看。

飛閣流丹走祝融，千秋名勝一時空。重修縱有重陽宴，過客誰當遇順風。

慰 菊

螯酒曾云足一生，何如愛菊仿淵明。余今興阻看花眼（今歲眼忽昏花），莫謂多情忽少情。

夢 中 樂

老年翻喜夢中過，不必槐南第幾柯。耳目聰明渾似舊，睡時樂比醒時多。

今 昔 較

雷霆聲與泰山形，聽視緣何似醉伶。一樣年華兩般度，今爲夢裏昔爲醒。

除夕前一日，熙齡孫隨伊母同蘇昌、阜昌、龍昌由津來京，龍昌係初見，喜成一詩

矜狂抱不同夷長（用趙佗椎髻抱孫事），問視頷之似令公。除日來京度新歲，屠蘇喜爾酌先從。

丙寅除日

又看宜春貼寄廬（甲子年曾在京度歲），女孫學得魯公書（瑛兒之女菊君名舜）。索梅前度曾相笑，今日花開合識余。

丁卯元日

壬寅月建年丁卯，飲罷屠蘇覓錦囊。竹葉迎春先暈緑（四日立春），柳條弄色嫩搖黃。五枝丹桂芳懷竇，一卷玄經草憶揚。喜届龍頭梁顥歲，讀登科咏字生香（余年八十二歲，故用梁事）。

自　悟

杖鄉杖國杖朝身，腹稿詩成酒入脣。疑欲問天翻自悟，由來後果即前因。

扶　老

又避黃巾到帝都，柏銘椒頌换桃符。隨行縱有文明杖，出入還須幼女扶。

聞美國艦隊有來華消息

寰中頻戰伐，海外惹風雲。鈴繫誰能解，瓜全竟待分。登壇無國士，飛渡少將軍。或者天爲助，金戈挽夕曛。

新正二日贈周寶臣

昔蒙招飲龍鍾甚，今日龍鍾更不堪。有愧愛蓮人見訪，只憑心照未多談。

隨意六首（六言）

八伯歌風世界，二南雅化春秋。老安少懷得所，民康物阜閑謳。

松鶴山雲遠近，詩壇酒社去來。樂遍一生足了，時將百慮推開。

夜雨杏樓作客，曉風蓮沼爲鄰。霜傲菊籬寄興，月明梅嶺傳神。

一片閑雲自在，百端幻夢皆虛。宅有康成書帶，門無王氏金車。

桃李常華門第，芝蘭玉樹庭階。但願此間小住，不知以外誰偕。

樂見壺中日月，驚聞海上風波。隱者一場春夢，將軍三箭功歌。

立春日贈王鑄生

袖帶春風枉駕來，他鄉道故一銜杯。羡君矍鑠鞍能據（王年七十有四），笑我龍鍾木可摧。

丁卯除日

光陰迅似電揮鞭，衰老彌驚除日天。八十餘年成底事，聰明耳目減從前。

兒輩馳驅各着鞭，屠蘇酒自樂壺天。江南都下應回憶，有夢知飛二老前。

譽傅司令宜生（傅印作義，曾守涿州，天下重之。戊辰）

一旅偏師入涿州，圍兵數萬月重周。城中士卒皆盟血，麾下將軍有斷頭。圖豈督亢貪沃壤，籌當孔道作邊樓。承先佩斬蕃王劍，又閃光芒射斗牛。

譽陳總指揮雪暄（陳印調元，安新人，十八年，北伐駐節廬台，璋兒時佐其幕）

南師風掃北平雲，飛渡黃流今又聞。坐鎮蘆臺關海靖，不徒射虎李將軍。

戊辰除夜

兩嘆衣蘆笑此身，事如春夢已成陳。今宵幼女屠蘇進，佐母還能辨六珍。

己巳九月

秋風瑟瑟著衣偏，老朽登臨异少年。雁字不分行遠近，聞聲始識又南旋。

衆男散處幼男留，出入扶持娱白頭。場野喜聞歌樂歲，不隨王粲賦登樓。

贈　內

圖留耕織寫豳風，家室經營賴爾躬。寒素由來甘淡泊，鷄豚今爲慶年豐。

笑　題

耳目聰明勝負争（近年耳目通蔽不常，似争勝負），似供月旦許家評。縱教結局和平了，非復當年一律清。

模　糊

糊塗難得得模糊，寄語青年莫笑吾。世事于今半如此，令人疑有復疑無。

示七媳

厨下嘗羹倩小姑，高堂二老各歡娛。七兒更有來書訓，視問殷勤曉代夫。

觀瑗女臨畫贊

愛爾臨池學魯公，居然點畫有相同。毫端鑄出渾金字，能令簪花拜下風。

庚午立春日作（十二月十八日）

天寒酒暖酌頻頻，轉瞬光陰又及春。田産無多驕免富，詩書雖少樂居貧。

壬申七月十一日，和紀僅如見贈詩

茅齋設宴值新秋，游徑勝他羊共求。世事浮沈付流水，客談多半記瀛洲。

手捧瓊瑶茅塞開，自慚凡筆對仙才。山分南北無啁笑，拜賜詩歌臺與萊（是日爲余八十七歲壽辰也）。

癸酉四月，紀惠周以石首魚見贈，詩以爲謝

次第春風到楝花，隨來石首肆漁家。名高菩薩頒茅屋，飽食銜杯敢拜嘉。

賜三女樹瑗

歸寧父母得承歡，每飯臨厨進旨甘。時代乃兄扶出入，孝哉賜譽兩皆堪。

退思閣詩集跋詞

吟稿書後

遣悶消愁淺近辭，妄灾梨棗任人嗤。析薪差喜子能荷，補過無慚閣退思。

八十八歲老人石銘氏自跋

癸酉首夏校理大人詩集既竟恭題二律

敢詡良弓得善箕，靈椿垂蔭覆芳枝。趨庭今已隨鄉飲（《鄉飲酒》正義：“五十者侍立。”男璋今年五十一歲，故云），伏案還欣讀父詩。萬紙抄書殊洛下，一堂檢韵似兒時。阿宣自喜工文術，能續陶家歸去辭。

欃槍不掩壽星明，一老偏宜季世生。龍戰幾驚人間鼎，鹿鳴又聽客吹笙。詩成變徵追風雅，天假高年望太平。更繼盛名同洛社，坐看兒輩附耄英（洛陽耆英會，司馬温公年最少，以六十四歲附入，今男瑛行近花甲，故云）。

男樹璋謹跋

史樹瑛：農游雜咏

選　序

家兄以農專畢業，從事北京農場中垂三十年，自萬生園開辦以迄于今，靡役不與，躬親樹藝，自托老農，幾如桃花源中人，不知有魏晋。余游江南北，得間輒北歸，每于京塵擾攘中晤對一室，常愧弗如。其胸懷恬淡，多見于詩，不争一字之工，不作可傳之想，天機所至，自然成誦。得句恒佚，其存者亦不輕示人，故知其以詩鳴者甚鮮。歲癸酉首夏余校理。

家君詩竟，輒取其《農游雜咏》，選擇數首付之集末，余詩亦擬酌印，一并就正海内，庶鶴鳴子和，先見一斑。即十幅蠻箋，知不僅供造樓之用也。明湖釣徒史樹璋鳳儒甫序。

出居庸關（時赴京綏全綫勸農）

捧檄出居庸，邊關來勸農。峰巒青萬丈，雲樹翠千重。緣嶺看城卧，懸車聽水淙。總逾函谷險，不待一丸封。

游沙城老龍潭

山寺飛塵遠，寒潭積水深。泉聲聽不斷，疑有老龍吟。

新保安車站觀雨

春雲密布雨如絲，正是山村播種時。到此不徒田畯喜，勸農今日有新詩。

早發張家口，兩岸皆山，比至柴溝堡，則各界在站歡迎矣，口占一絶

勸稼車臨到處歡，躬巡深愧古農官。行雲影裏近山遠，布穀聲中四野寬。

游口泉北山黄籙觀老子廟

四圍山色拱名泉，古寺深藏隔俗緣。一徑穿雲疑煉石，萬松飛碧欲參天。登堂未習禮三百，聞道還慚言五千。望氣儻同

函谷紫，便開黄籙叩玄玄。

戲題南山中財神廟

能令物阜與財豐，的是人間第一功。舉世正殷庚癸諾，如何遠避在山中。

赴蒙古，早發汗干子河

問程無計認蹄痕，草白沙黄月色昏。時趁曉風過虎落，兩三星火恰當門。

閃電河道中

此行終日北風吹，獨對長途嘆馬疲。夕照平砂人語近，牛羊又到下來時。

宿五旗鄂博

游牧依然上古風，歸來共擁火爐紅。頻添糞餅爲增暖（蒙地八月結冰，以牛糞爲燃料），撥得飛灰滿幕中。

由正溝回張家口

塞草枯黄九月天，蒙疆游罷又南旋。群山兩岸相迎送，誰識歸心在馬先。

正定大佛寺講演

妙相莊嚴石不磨，千年古寺尚巍峨。點頭非説生公法，勸稼曾容我一過。

夜渡黄河

燈火連天照逝波，役車午夜渡黄河。長橋十里如虹貫，始信神工鬼斧多。

登黄鶴樓

鸚鵡洲前草自芳，千年黄鶴竟高翔。老農到此無他感，惟有臨風憶故鄉。

咏　榆　石（石在榆次縣西門外亭下，高丈餘，旁有石碣，記魯昭公八年石言于晋魏榆處）

昔聞有石言于晋，今我驅車到此閑。願學米顛端笏拜，諸君且莫笑痴頑。

晋東公畢，旋赴晋南車中口占

壽榆公甫畢（壽陽、榆次兩縣），馬首又南瞻。漸覺征衣重，塵埃五斗添。

西郊緩步

步出郊原緩緩行，葛衫草笠一身輕。吟哦欲藉微風送，權作田家樂歲聲。

三月三日與彭同九、馮湘岑游福陵（時在瀋陽）

忽爾乘車忽步行，宫門遥望百憂生。一抔黄土收王氣，萬壑蒼松助雨聲（是日有雨）。野渡花開逢上巳，寢園春盡唤倉庚。勝游莫道山河异，舊日隆恩尚有城（城有隆恩門）。

五旬初度

壯時歲月皆虚度，大衍年華倏忽來。郎署浮沉雙鬢改，客中艱苦寸心摧。鞭宜早着期諸季，馬欲空凡伫隽才。弱女課餘時檢韵，裁箋也解送臺萊。

和黄潤書司長自述詩原韵

管領農林望屬公，經營擘畫計全工。花聯曉社增新緑（君與同志立曉社，栽培東洋牽牛花，因花曉開故名），燭剪西窗憶舊紅。一榻琴書銷歲月，滿園草木待春風。追隨廿載情多契，時擬傾葵向日中。

題廿年前小照

樹老人何堪，斯言誠不爽。勞形乃忘形，疑作他人像。摩挲一再觀，始知馬齒長。笑我廿載前，年少亦倜儻。而今鬢有霜，傲骨應自賞。

丁卯九月，范雲卿先生再長農場，詩以迎之

農場幸復接風標，霜鬢人知四海遥。襟袖常携詩一卷，桑麻重話燭三條。向榮小草含欣意，獨秀喬松顯後雕。兩載睽違彈指過，又隨杖履步楓橋。

史樹璋：鳳儒詩草

自　序

余少喜吟咏，興至輒成篇，顧造詣未深，不足與言詩也。及長游學京師，稍涉獵新舊，友天下士自以爲較進，然仍無宗法。旋閱關山，涉江河，奔走四方，爲詩始識門徑，每欲瓣香少陵、玉溪、山谷、青田，常苦力有未逮，不敢以詩質人者有年。會戊午夏，與北大經師高潛子談詩，頗邀許可，并願爲正印，因携舊稿數本置其寓中。余旋作吏徐屬，日親細故，詩卷不隨，吟興遂廢。厥後依安新陳公幕，隨軍蘇皖，磨墨盾鼻，非休沐亦無暇吟咏。戊辰己巳間，復爲馮婦，戎馬倥傯，益無情緒，勉强爲之，率少成章，以致十餘年，所作不過數首，一若詩魂隨舊稿而去者，吁可怪已。歲壬申，隱濟垣三年矣，日攬湖山之秀，詩興復萌。適以十月晋祝陳太夫人壽抵滬，晤潛子，以訂正舊稿見還。經十五年之久，寧滬播遷，未與秦灰同燼，其愛我之深，至堪敬佩。偶一檢視，重見故吾，有魂兮歸來之喜，是豈可以恝置。返濟乃并戊午後所作，統爲删校，起自甲辰得若干首爲一小册。癸酉夏，會排印家大人《退思閣詩集》，并付手民，就正海内，因題數語于卷首，以見詩雖小道，其中亦有甘苦也。癸酉初秋，河北詩隱鳳儒自叙于濟垣。

题 词

手抉雲章俯八垓，高吟天與不羈才。神游碧海三山遠，筆掣仙風萬卷開。稷下歸來成小隱，江南賦罷有餘哀。世人莫訝抽身早，好着斑衣戲老萊。

一别秦淮十二春，明湖重覿豈前因。潘郎絲鬢秋生雪，庾信文章老有神。好古悲歌韓吏部，高名繼世戴王綸。開編字字憐珠玉，知是新亭泪點新。

交河蘇耀宗

燕都秋感四首（甲辰）

秋來倍覺詩人瘦，短布單衣祇自憐。焦尾未容琴客聽，餘生合向酒家眠。敢言天下無知己，始信人間有謫仙。舊日金臺安在也，京華奔走一年年。

英雄不幸生燕趙，長使悲歌累此身。持節競傳漢郎將，高吟誰和楚陽春。無多肝膽逢人怯，絶妙文章入世嗔。到眼炎凉拚一笑，唐衢痛哭或非真。

幾人聲倍龍門價，長劍先生剩蒯緱。投世功名囊脱穎，不平毁譽羽沈舟。躄行合笑平原妾，飛食空傳定遠侯。聞道洛陽文物盛，釣名新换富春鈎。

看花莫向玄都觀，道士原來不種桃。大地韶華三月去，滿城風雨九秋高。舌鋒到處推儀衍，皮相何人識薛毛。未見全牛君莫解，庖丁許我善藏刀。

擬樊樹游仙

玉皇嬌女冶春游，遺却靈獅小綉球。墮落碧空滄海外，人間偏認作瀛洲。

玉宇瓊樓十萬重，皇娥高醉碧霞宫。彩雲一片飛雙鳳，道是簫郎謝寵封。

鬟掠青雲下碧霄，凌波微步浪華高。仙家會合無朝夕，何事人間説鵲橋。

同學金君有悼亡之作數十首，名曰《綺史》，屬題

幾行熱泪和新墨，一片痴情草綺辭。古驛梅花南國豆，九原何處寄相思。

明珠記否繫紅羅，來世來生夢尚多。到底情天容易補，最難謝却是詩魔。

南　都（乙巳）

太平景象遍江南，買得香君盡夜歡。一曲牡丹亭未了，瓊花枝上已啼鵑。

黄鶴樓頭月影高，筵陳水陸興偏豪。君門早陷重圍裏，曾否將軍一試刀。

柳棺雙輦出東華，帝后零丁命也耶。報國無能猶吝死，幾多名士愧名花。

月夜城頭啼白烏，金陵無復主人居。可憐芳草埋幽骨，春

雨年年爲掃除。

清明過却又端陽，榴火花開鬥晚妝。一夜纏綿消好夢，有何心事管興亡。

教坊昨夜傳新曲，幾侍君王飲綺筵。金粉銷殘歌舞地，衹今惟有秣陵烟。

窺破殘棋着手難，一生漂泊半江南。英雄有泪不輕灑，偏向美人腮際彈。

不愛江山愛美人，景陽宫井土猶新。國人渴飲如狂藥，從此江南草不春。

王某新婚

六飛寶馬駕香車，姻好新通王謝家。七尺珊瑚皆俗物，輸君一樹自由花。

江亭即事

蓼紅蘋白撲迴溪，轉眼東風又到西。萬種秋心惟寄雁，頻添華髮憚聞鷄。太行不改朝天勢，古木空餘落照齊。把酒江亭倍惆悵，亂鴉何事向人啼。

夜　　久（丙午）

夜久未成寐，乘凉出小廳。柝聲殘四野，人影悄空庭。河漢水猶白，書窗燈自青。低徊不敢語，深恐曲通靈。

水　灾　行

烈日爍地如焦土，禾枯苗槁始得雨。農民額手正相慶，那知復爲甘霖苦。連日瀟瀟雨無已，平地漭滄水盈咫。大河擁雨如潮來，浪駭波奔不可止。河工官吏走相驚，掬泥益堤堤旋崩。樁木畚石尚未備，洪濤已作春雷鳴。横决長堤十數里，懸沙走浪魚龍喜。村廬順溜化飛烟，幾人身委横流裹。變生倉卒人智昏，緣木升屋乘危垣。攀援呼號求幸免，水深屋圮無一存。壯者漂泊幸遇救，老稚滅頂難援手。帆船來往若穿梭，孑遺之民始無咎。死者已矣生别離，孱軀難忍枯腸飢。離鸞别鵠泪欲盡，前路茫茫不可思。疆臣輾轉傳天語，緩死須臾待賑撫。皇恩雖厚不醫貧，救急仍須鬻兒女。長安豪貴工選姝，紛紛輦金來灾區。扁舟携得明珠去，紙醉金迷滿上都。

旅　順　口（丁未）

大海激峭壁，漾入爲窮池。黑水下萬里，四圍險以巇。中有路若綫，船艦差能采。聞之海防家，是處當要陲。北通遼瀋道，南扼高句麗。青齊三百里，旦夕神龍馳。憑爲根據地，海陸均得宜。一炮鳴嶺角，萬衆無所施。我國创海軍，經營力不遺。歲費數百萬，天下稱雄師。甲午戰事起，恃之爲藩籬。云胡敵人來，拱手出降旗。强鄰肆要挾，雄吞東亞獅。失却建瓴勢，大厦于以危。一朝島國奮，東甲戒師期。鐵艦自東下，環逼如圍棋。碧血埋椅子，新民市積尸。雨夜新鬼嘯，寒聲愴心脾。困處未一載，受縛同乳兒。十年勤武力，得兹亦失兹。可見貨悖人，恒悖而出之。優勝與劣敗，循環無已時。世界有公理，土地烏可私。寄語開邊者，勿爲他人資。

賞　月

夜闌同上最高樓，酌酒還欣靨月球。世外河山紛變幻，個中花木自春秋。未教黑暗沉全局，早有光明放五洲。反射更饒新學理，不妨圓缺説從頭。

九日登外城（戊申）

江山老矣秋無恙，天地塊然我獨陪。大海已拚萍梗逐，重陽况復菊花開。不堪回首陸沉去，强自登高城闕來。指點萬家烟雨裏，直從鴟吻認樓臺。

打開魔障一身輕，到眼興亡盡不平。秋雨秋風凋衆緑，千灰千劫剩孤城。空餘易水寒荆慶，枉矢浮圖報進明。有酒不妨連日醉，百年能得幾回醒。

歸興五首（用工部重游何氏園林韵）

常摩三尺劍，羞上萬言書。浪作長安客，誰知諸葛廬。列軒乘有鶴，長鋏食無魚。擾擾人世間，何如返故居。

帝鄉秋已老，故宅菊堪移。把酒酬群季，簪花戲小兒。未荒陶令徑，何羡葛仙陂。隨意尋芳去，悠悠麂眼籬。

家庭團聚日，真勝别離時。菽水供新膳，蘭陔譜舊詩。躬耕投彩筆，世譽謝冰絲。幸際天倫樂，無荒百歲期。

别離人一至，妻子話偏長。雨聽西窗燭，茶烹小磑槍。華年銷錦瑟，塵夢醒黄粱。偕隱雲霞外，何須羡八皇。

隻身寄天地，流落廿餘年。丐我貧無地，輸他盗有泉。壯懷虚歲月，冷眼看滄田。萬事浮雲去，先生方偃然。

俠少年

碣宫崩倒金臺圮，後三千年無奇士。英雄不幸入屠沽，干將化作經天氣。南昌先生應運生，不與豺狼共朝市。陳東本是人中龍，東魯諸生安足齒。黄金千斤輕一擲，醇酒千杯盡一吸。濁禄千鐘耻一食，惟將肝膽酬知己。朝逢丞相嗔，暮繫長安獄。談笑囚南冠，慷慨歌金石。將軍難護解家貧，茂陵豪富從今徙。

太學千人盡白衣，一世之雄真去矣。男兒不作無名死，博浪一椎猶待爾。

德宗挽詞

斜月沉沉照梓宫，紫微星殞霸圖終。廿年新政成强弩，一夜西風下井桐。回首可憐華表鶴，攀髯空憶鼎湖龍。遺臣若紀房州事，定有疑辭付郭公。

同學張德孫昆仲招引，坐有伊侄仲光及譯學生王念倫、同學李焕文、劉籍豐等，即席賦此（己酉）

米顛蘇杰翩然集，太史應書聚德星。洛下機雲名并重，林間咸籍眼垂青。琴揮綠綺留鴻迹，曲譜紅芽駐鳳聽。更進一杯吾欲醉，王喬去後有誰醒。

分甘狂啖南豐橘，痛飲能空北海樽。定有高談驚四座，還多餘勇賈三元。少年意氣翔龍鳳，上厩材能陋駟騵。附驥自慚千里志，晚風扶醉出閶門。

客中睡久常無晝，酒後身輕便欲仙。太華與人同一夢，劉伶先我已千年。舌鋒敢葉宫商律，拇戰遑分晋楚先。聞道三杯傳草聖，濡頭漬墨看張顛。

錦囊不許留詩債，無地能容我築臺。一石遥慚齊客量，百篇遠遜謫仙才。人生行樂當今日，終古閑愁了舊醅。記取花時同醉候，年年相約買春來。

出塞篇

蓋尼父删《詩》，猶存鄭衛；潯陽感遇，尚記琵琶。是知寄托苟本至情，傳誦無傷大雅。故東山絲竹，别具深心；平原酒色，非甘自弃。僕半生落魄，作白山黑水之游；萬種閑愁，寄香草美人之思。爲歧途哭成《出塞篇》。儻姚江見而憐我，固所願焉；若遁翁揮而斥之，亦其宜矣。

芒鞋皂帽走幽燕，客何爲者身無閑。讀書學劍兩未就，一杯在手天地寬。邇來醉倒長安市，典却輕裘償酒值。仰天大笑呼烏烏，千古劉伶一知己。有時夜走胭支坡，倦倚妝臺選妙歌。鳳簫銀管衆仙下，人生不樂當如何。來時萬福去萬福，藏嬌難覓黄金屋。漁人重到武陵源，紅雨亂飛迷澗谷。聞説仙山好避秦，尋春踏遍帝京塵。願探黑水白山秘，旋作長征出塞人。急裝晚發京榆路，一夜朦朧魂魄怖。曉風吹我出榆關，回首京華不知處。群山蜿蜒撲面來，龍蟠蛟起虬奔隤。長城如蛇亘天際，横絶萬里胡爲哉。大凌河畔冰千尺，遼瀋伏尸猶百里。血腥未去歌舞繁，戰場冤死奇男子。經過鐵嶺到寬城，旅舍蕭條客思增。

聞道扶桑花解語，夜闌爐爐聽秦箏。鷄林道上雪霏霏，萬事傷心初願違。流盡松花江内水，英雄有泪不同歸。無端醉過平康里，酒杯欲向花叢擲。尋幽步屧來可人，一見魂消如舊識。知卿本是多情種，雪作聰明冰作影。鬢雲高擁菩薩鬘，春心暈上胭支井。不衫不履自風流，偏與孤寒意氣投。不向人前輕一笑，眉尖鎖住十分愁。平生心事無人問，盡日窗前誰解恨。風塵漂泊兩難期，轉疑人遠天涯近。忽然霹靂破情天，同命鴛鴦不再眠。從此鴻毛殉鴇羽，十年塵夢醒樊川。

重試大學題旅壁（庚戌）

惠風從東來，萬木萋新緑。平原草色長，冰澌舟可渡。天能百日蘇，人詎十年苦。憶昔游京洛，舉目空今古。委身事問學，攻錯歷寒暑。冀有銖寸進，抑鬱氣或吐。何期數年來，因人仍碌碌。奮志求深造，再來窺白虎。寒夜投京舍，深宵燼長燭。萬慮擾魂魄，憂心搗如杵。孤窗印月影，客况共誰語。走筆書壁間，聊代窮途哭。

送江杏村侍御謫官南歸

良相得人百事理，聖朝無闕諫書稀。賈生痛哭原多事，阮籍倡狂詎可譏。自古勛名出衛霍，豈容貂珥到寒微。風霜難助生花筆，才盡江郎胡不歸。

挂冠歸去尋常事，漫向彈章問實虚。天子特優親貴禮，小臣甘受聖明誅。仰天祇付齊髠笑，蹈海何妨魯仲迂。廿載宦游今去也，典書還可給雙魚。

怕觀世變常昏飲，爲守臺規始敢言。沽酒正當終日醉，罷官深荷九重恩。茂陵何日求忠稿，湘水他年有泪痕。一代錚錚賢侍御，敝車羸馬出都門。

久思祖餞長安道，馬上停杯一識荆。唯恐名流如鯽聚，故將傾慕寄犀靈。先生出處真無愧，上帝沈酣自有醒。他日謝公山下過，當年遠志已青青。

六月三日，同何五弼仁十刹海觀荷分江韵

一片晴波隔亂嚨，晚風摇蕩翠雲幢。緑楊陰裹烏窺客，紅藕花時人倚窗。到此不知塵意淡，對之頗覺色身降。兒童何事機心重，戲趁蜻蜓過石矼。

十載紅塵滯帝邦，年來厭聽足音跫。一聲何滿增新恨，隔岸菱歌换舊腔。畫槳往還鴛夢亂，夕陽明滅鳳城雙。太平相業今何在，猶聽游人話曲江。

擬古詩十九首

行行重行行，故人不我留。詎有惜别意，難禁離群憂。策馬出郭門，悲風號長楸。豐碑屹道左，云是田横丘。疇昔同游處，醉解千金裘。何期刎頸交，一旦忽如仇。

青青河畔草，宛轉緣長道。托根非不固，秋至忽已老。豈無千尺松，寒歲森古抱。幽梗漱泉水，奇幹驚飛鳥。參天亮有

日，何必博人曉。

青青陵上柏，恒爲不平鳴。游子遠行役，時聞長嘆聲。長安多顯宦，輪蹄殷九城。輦金走都下，布衣躋公卿。叔世重富貴，倫紀鴻毛輕。大盜忽移國，俠士死無名。

今日良宴會，山海羅奇珍。何以遣隱憂，旨酒與美人。飲酒美人側，清歌間且斟。萬古了一醉，醉裏足餘春。百年駒過隙，江山迹已陳。巍巍柏梁臺，赫赫迎仙門。昔爲宮與觀，今委灰與塵。人生亦如寄，胡爲長苦辛。

西北有高樓，矗立浮雲端。珠簾静不捲，隔絶塵市喧。明月皎臨牖，好風時往還。仙人跨鶴來，相對怡心顔。自位誠得所，接人當未然。

涉江采芙蓉，勞瘁豈敢辭。感君愛護意，聊欲一報之。秋色自西來，萬卉生機危。不惜攀折苦，冀免風霜欺。

明月皎夜光，孤桐漏疏影。寒螿鳴唧唧，衰草萎斷井。刁斗關塞長，黄沙消將穜。飛鴻振逸響，使我心耿耿。當春百卉萌，秋至萬緑冷。天道有變化，熱中胡不醒。

冉冉孤生竹，修幹拂青雲。干霄詎無志，難勝風雨侵。菀彼牽牛花，栖息松檜陰。柔曼附高樹，花開或千尋。濃蔭翼十里，張蓋風森森。深根相固結，邈若苔與岑。勁節誰可采，貪緣猶足多。人生貴有托，孤標將如何。

庭中有奇樹，阿那當軒墀。繁英耀朝日，霞彩光陸離。花開曾有時，人歸無定期。何如比翼鳥，共巢連理枝。

迢迢牽牛星，叱叱難負箱。姣姣河漢女，札札不成章。遥遥一帶水，漫漫深霄長。霄長復何悲，相見會有期。何似長征婦，經年人未歸。

回車駕言邁，長驅九折坂。林木號長風，使我心悲慘。仰視青天高，俯瞰黄泉欿。駿馬却不前，欲策苦鞭短。進退總由己，奚論夷與險。到此談忠孝，所見毋乃淺。

東城高且長，蜿蜒亘天際。嚴霜隕秋葉，塞草不復碧。胡馬迎風嘶，悲笳咽晨夕。將軍不解甲，游子遥隕涕。王事多鞅掌，十載賦行役。歲華逼人老，所恨功未立。擎鏡窺白髮，紅顔知何意。

驅車上東門，遥憶鴟夷目。故國沼千年，屬鏤燭餘怒。天意苦無定，興亡忽倚伏。滔滔遍天下，奚爲當要路。努力挽狂瀾，苦爲浪淘去。曷若佯狂老，一身遠榮辱。

去者日以疏，駟馬不可追。海水流萬里，摯鳥凌空飛。世界一彈指，我生乃斯須。静躁當及時，悔吝亦何爲。

生年不滿百，衰稚去强半。壯歲得三十，寢興又相間。區區五千日，光陰如輪轉。我心役萬物，斬削已非淺。静宜寧神宇，胡爲馳妄念。與其苟富貴，何如長貧賤。

凜凜歲雲暮，凄風生客衣。十年苦行役，千里動鄉思。家在大江南，歸期邈難知。鬢共秋霜老，心還逐雁飛。河山不可渡，魂夢相依隨。夢見入我里，妻子候柴扉。握手道契闊，歡極有餘悲。征婦前致辭，爲我一陳之。不取封侯貴，但願全軀歸。

孟冬寒氣至，客床啼絡緯。秋老木影枯，愁多不成寐。仰視明月光，衆星尚歷歷。飛鴻自遠來，咿啞過天際。一鳴傷客心，再鳴促幽思。萬籟寂長夜，天地增凉意。孤館漏何永，深閨有遺泪。

客從遠方來，遺我雙條脱。感君纏綿意，雙泪忽已落。繫之肘腕間，聊以慰契闊。深幃秋夜長，魂夢馳天末。此物曷足貴，君恩良不薄。

明月何皎皎，照我劍頭螭。神光射四壁，豈能匣中羈。會當及鋒試，斮戮單于師。生有四方志，别離何足悲。人無家室累，然後方有爲。

張萼樓同學雨中見懷，詩以報之

瀟瀟聲不斷，孤館静無埃。老樹滴殘雨，還雲殷晚雷。螢流七月火，蟬咽故宫槐。明月淡如畫，可人期不來。

閉門無一事，枯座有孤燈。移榻近風月，開緘見友朋。綺懷錦江水，清思玉壺冰。欲共拈花笑，詩禪參上乘。

旅　雁

旅雁驚弓繳，林深不敢飛。欲栖還四顧，已倦尚無依。月冷平沙迴，天高星宿稀。何期稻粱地，遍伏戈①人機。

哀　影　吟（并序。辛亥）

大江東去，徒增玉局之悲；湘水横流，莫浣靈均之恨。況復干戈滿地，山川無主；兕虎率野，弦歌輟聲。征夫飲鋒，守者膏鏑。鬥同一室，披髮無往救之人；歌起中宵，瑣尾皆流離之子。大局因以不支，四民坐是失業。杜牧之江湖載酒，落魄詎止十年；江文通春水懷人，銷魂終于一别。立華亭而悵望，唳鶴驚心；經蜀道之畸②嶇，哀猿迸耳。其爲悲痛豈不大哉！既

① 戈：疑當作“弋”。
② 畸：疑當作“崎”。

自監國失政，民軍勃興。我武惟揚，傳檄而定千里；爰整其旅，臨河而會諸侯。竟三户之亡秦，知遺臣能復楚。聲威所指，華夏用驚。群公秉頗牧之資，欲振趙家旗鼓；上將盡星辰之選，重開大漢山河。維時朝野佚安，宫廷暇豫。梨園歌舞，猶是天寶初年；楮册翩聯，莫罄金輪秘事。耀武則羽林十萬，用壯皇都；逞豪則貂錦五千，特稱勁旅。諸王驕貴，閹竪鴟張。朱雲折檻大呼，未聞旌直之典；劉章按劍而怒，致慨耕田之歌。既正氣之潛消，遂群邪以并進。求爲貴富，無傷爛到羊頭；儻事苞苴，自可榮以狗尾。盗臣惟知斂怨，朝廷縱之殃民。巫峽秋深，怒起錦江之水；荆襄月朗，横飛夏口之雲。黄鶴夜驚，白蛇夕斬。高克師嘩河上，知清人之在消；藝祖袍著陳橋，識天下之大定。哥舒則帶刀夜遁，李陵則捲甲生降。冶父無囚，荒谷有縊，猶復輕信僉壬，與謀竪子，驅將帥以就誅，約海陸而并進。殷浩以才名見誤，晋室乃微；房琯雖學術過人，陳濤①至敗。固曰戰罪，庸非天乎？遂乃罪歸孺子，召及逋臣。徵淮陰于胯下，出窮士于蘆中。重拭良弓，盡兹高鳥。藍田射獵，猶見舊時將軍；青瑣朝班，半屬新亭名士。或則臨河兵諫，或則絶塞星沈。機詐并興，風濤愈惡。以致桓温驕志，苻堅挫威。雖白門喋血，董逃勞聯合之師；而漢水爲城，楚炬定平分之局矣。至若三輔豪杰，聞風興起；邊徼志士，倒戈相迎。太行爲之揚塵，大海爲之鼓浪。長城萬里，難禦飛軍；黄河九曲，不能洗甲。戈矛所向，旌旗易色。雖齊城已下，田單之志尚存；燕市無人，荆軻之刃待發。况藉和議而謀深草薙，召外侮以禍

① 濤：疑當作“陶”。

甌瓜分，誰實爲之至于此極。得非白山王氣盡于三百年，黃帝子孫劫于四十紀乎？某家居燕趙，衹解悲歌；旅食京華，誰傷淪落？十年奔走，舉杯遜伶籍之狂；太學栖遲，伏闕乏陳歐之概。因人碌碌，既無短長；斯世滔滔，又遭離亂。恨不學萬人敵，逐鹿關中；徒自抱七尺軀，聞雞夜半。概用武之無地，惟走筆以自娱。感嘆世變，激越商音。計自變起，迄于停戰，得詩卅九首。雖詞未工，而意皆有指。願效離鴻之警，夢醒龍城；欲呈萬象之形，光分犀渚。名曰《哀影》，附會吟壇。嗚呼！中原已矣，悲哀詎止江南；君子如何，形影還期天末。此日儻評月旦，休疑亂世之音；他年若序風騷，知系傷時之作。

落拓他鄉劇可哀，雄心生怕歲華催。帝京人物隨秋老，武漢軍聲動地來。壯士不還如易水，黃金無復有高臺。天涯漂泊知何似，辜負黃花次第開。（辛亥八月，與同學王柟柏、何弼仁同飲，聞警賦此，故以爲首章。）

月明千里共中秋，黃鶴樓前倦夜游。警報忽來群看劍，將軍從此不鳴騶。長江自古稱天險，大錯于今竟九州。三楚健兒齊拍手，亡秦何必事狐篝。

羽檄如飛達上都，輦金夷肆走豪奴。弄權已觸千夫指，罪己偏勞六尺孤。列祖有知應雪涕，全軍何忍盡捐軀。壺漿不爲王師具，雕敝空望我後蘇。

阿房三月尚飛烟，坐失諸侯莫怨天。誰試漢家先得鹿，争傳蜀道有啼鵑。寂寥陶侃勤王檄，標榜劉琨勸進箋。大局竟隨人意去，水深火熱誤當年。

太白旗標軍國民，海濱萬里盡揚塵。幾多名士朝新主，何處仙源避暴秦。涕泣已窮天子父，蠻夷争長老夫臣。山河表裏聲威壯，始信中原大有人。

都門大閱耀兵威，三尺黄童盡錦衣。糧竭江南人正飽，草空河朔馬初肥。堂皇旗鼓臨華夏，赫濯聲靈拱帝畿。飲至策勛猶未了，驚聞吴楚羽書飛。

洹水東流恨未消，逋臣心迹混漁樵。元戎一擲成孤注，天語重申起下僚。近御微聞辭九錫，深恩猶自托三朝。再來應有升沉感，大夢何年醒鹿蕉。

細柳招還灞上師，桓桓夫子尚熊羆。首山不鑄千年像，餘子偏支一着棋。雙手終難天下掩，居心敢謂路人知。世情反覆雖無定，青史他年總有辭。

偏師直下漢陽城，高密初垂竹帛名。潛邸諸王歡有語，戰場新鬼哭無聲。胡笳隱隱秋江白，畫角沈沈曉月明。最是深閨眠不得，夢魂猶繞國西營。

太平争説兆陳橋，都府新開肅百僚。不意淫威驕楚項，誰將揖讓輔唐堯。前鋒未易黄龍飲，餘鐵還須赤壁銷。滿目瘡痍何日復，隔江猶聽馬蕭蕭。

秋雨秋風慘白門，楚招難挽國殤魂。六朝金粉成灰燼，十月梅花雜血痕。歷劫已無王氣在，狂流惟見大江奔。浪淘不盡興亡恨，誰拍銅琶子細論（清陳恭尹金陵懷古詩“空勞御輦銷王氣”，王作平聲韵）。

枕邊遥送鼓淵淵，近日宮中罷管弦。河北霜飛千里草，禁城秋冷萬家烟。驚心風鶴難成寐，回首霓裳若隔天。歌舞未銷亡國恨，花時憔悴李龜年。

不到沙丘夢不醒，上皇含泪出宮庭。初心豈料中原沸，百死難安九廟靈。敢望中興勞碩輔，可憐墜緒付寧馨。三年偉業遺朱邸，樓閣巍峨尚冠星。

朝廷計利尚奇謀，桑孔紛紛盡列侯。鹽鐵未容文學論，蕭墻徒長季孫憂。國醫難覓三年艾，澤竭惟資九府流。鋌鹿已成天下險，上方猶恕佞臣頭。

如飛鐵騎渡灤河，鼓角驚迴太液波。元禮但知誅有罪，鬻拳誰諒志無他。入關密草三章約，得楚徒喧四面歌。百戰未經骸骨老，風雷何日起沈疴。

元戎單騎走重關，百萬歸心一日間。露布始傳秦郡縣，風雲已黯晋河山。夜營驚説桓侯死，絶塞難期定遠還。棺蓋料知遺恨在，祇今墳土尚斕斑。

北南未必馬牛風，甘作降王術亦工。羊爛寵邀侯萬户，狐蒙禍伏國三公。尊周不及齊桓正，表海空思尚父雄。惆悵伊川披髮祭，中原淪陷陸渾戎。

天人交變事如何，誰把憂勤問棘駝。同種自殘傷煮豆，百年虛擲俟清河。安危大計籌多誤，綸綍王言玷可磨。聞道堯階蓂莢落，更從星日秩南訛。

水沈香燼篆雲消，簾捲西風退早朝。周室乍聞頒正朔，皇門何日咏株昭。最憐直北兵難戢，枉羡淮南隱可招。遥計未央宫内柳，霜華雕損不成條。

飛師潜渡大凌河，遼海東翻萬里波。天地玄黄龍戰野，林園寥落雉罹羅。元侯不上封關策，烈士争揮挽日戈。長白山枯胡馬死，三軍齊唱漢鐃歌。

片馬西馳秋野凉，飛塵摇動到遐荒。勛臣夜走盤龍水，義士重開逐鹿場。銅柱高標新世界，硝烟遠鎖舊池塘。空傳宣撫來邊徼，誰仗旌旄靖四方。

土崩瓦解各西東，燕趙而今拜下風。漫道悲歌非壯士，却嫌詩禮誤英雄。青天碧海無禽到，霖雨蒼生有夢通。不是使君勤駐馬，先生未必出隆中。

朝野危疑已十分，虞廷何日頌卿雲。百官競作歸出計，大禮徒懸告朔文。上苑霜寒雕宿草，景山林薄漏斜曛。逢人莫説京華事，笳鼓悲涼不可聞。

天難一世并王桓，抉目曾將越寇看。新國萬年勞創建，殷商末造尚凶殘。倒戈始信仁無敵，懸印群知叔不寒。冠履未容辨湯武，愚忠從此笑逢干。

出衆才能治亂兼，侏儒相對口如鉗。劍冠入值千門曉，節鉞專征六府嚴。丞相愈風應待檄，君侯病背莫輕砭。救民果定和平策，贏得虚名具爾瞻。

千頃汪洋叔度襟，不甘武庫老儒林。十年淪落走歐亞，萬斛離憂注古今。故國江河流日下，新亭風景泪難禁。酒酣時據胡床坐，鐵笛凄涼别有音。

斑斑血泪漬征袍，力士新從博浪逃。一自報韓驚帝夢，群知留後是人豪。鼓刀應展屠龍技，捲甲難辭汗馬勞。白下偏安看虎踞，黄花何處吊鴻毛。

莫向燕京訪望諸，千金市駿事全虚。熱心祖國共和政，報稱儲君一紙書。宏我漢京當此日，除秦苛法近何如。關中競解耕田意，非種遑留後世鋤。

潮聲瀉玉浪丁冬，雷雨殷殷起蟄龍。心血不教灰浙路，節旄猶幸立吴峰。文章著述千秋業，天地爐錘百煉鋒。未向我公歌赤舄，東甌蒙蔭已重重。

新朝伊吕舊夔皋，伐罪誅殘快此遭。坶野陳師聲倍壯，臨淮飲馬興偏豪。曉窺敵壘霜團甲，夜逐胡塵雪滿刀。底定東南稱首績，雨花臺上陣雲高。

樓船横海燭天攙，一夜舟師盡解嚴。無復餘皇能破楚，坐看上將送降帆。中流慷慨鞭空斷，故國飄摇鼓尚傀。誰嚮東瀛吊猿鶴，陸沉萬劫閟巫咸。

風勁應須健翮排，秋鷹高舉豁烟霾。夥頤亂擬沈沈者，流血真成處處皆。去雁空遺衡浦陣，無人來吊峴山崖。英雄事業今何在，霜滿城樓月滿街。

海堧鼓吹氣飛揚，喜見風雲起四方。何草不黄傷亂世，經天太白兆更王。斯人果爲蒼生出，左袒真教舉國狂。聞道漢官儀尚在，一時黎庶盡南望。

侍中工計本奇男，曾説文場百戰酣。筆下千言春射策，機深萬丈月臨潭。通侯不過名城茜，人物偏多敗絮柑。借著也參天下事，分明社肉付眈眈。

興夏無人效有仍，遺臣難共涉春冰。式微故國爭蠻觸，失序周姬商蜇繩。高帝諸孫緣路泣，五陵佳氣已陰凝。驅車莫過長安道，西岳崚峥不可登。

百無憀賴且依群，羹沸蜩螗不忍聞。舊日弦歌空太學，漢家城闕冷朝曛。豈甘庸碌同儕輩，誰向風塵識使君。歌哭動關天下事，一聲喚起萬山雲。

歲月蹉跎誤少年，蒯緱一劍有誰憐。天涯慣見無家別，夏季驚聞有鼎遷。詩思每來離恨外，征塵不到醉鄉前。萬千事業由人定，莫把金尊去問天。

放浪形骸詎有涯，鳳城歌吹尚倡家。沙場共醉葡萄酒，脂井猶聞玉樹花。萬里長征難惜別，千金買笑不妨賒。支機儻借仙人石，窮海應隨博望槎。

變雅初成板蕩詩，風騷時與古人期。少陵遠寄夔州日，諸葛高吟梁父時。龍卧寧甘老嚴穴，鵬飛終許到天池。安排健翮扶摇上，不向鷦鷯借一枝。

三旬初度（壬子）

年來已入流氓界，萍寄津沽亦偶然。斷不折腰求斗米，何妨涉足到瓜田。彌衡久滅懷中刺，阮子猶餘杖上錢。花下聊爲長日飲，不將沈醉讓鈞天。

今朝又到懸弧日，卅載光陰一刹那。長鋏歸來仍故我，半生潦倒付高歌。無心出岫人猶怪，有意尋花樂不多。静對西風一灑泪，前途渺渺奈愁何。

舟次潯陽 (甲寅)

長風送秋雁，有客到潯陽。燕市一回首，黄河九曲腸。江干雲氣重，游子袷衣凉。不見琵琶婦，徒增老大傷。

客南昌，和韋瘦痕同學《謁選京師留别》原韵

山色湖光趁晚橈，秋心直被壯游消。中原名士皆柑敗，蓋代才華逐絮飄。頌德待栽花一縣，綰愁難倩柳千條。滕王閣下傷情處，半是帆風半馬蕭。

再送瘦痕

陽關三叠不成聲，且把南昌當渭城。欲破離愁無别策，一杯濁酒抵千兵。

四秋吟

西風昨夜驚殘夢，展轉空床睡不成。綉幕料如遺泪在，深閨時見墮釵横。爐香半熟人千里，斜月初沈雁一聲。天氣已凉衾漸薄，鴛鴦何處訂新盟。(秋忱)

尋幽踏破疏林葉，慣向飄蓬説浪游。仙島雲深名不借，板橋霜滿迹仍留。生平未解趨炎勢，潦倒猶爲知足謀。最惱年年

苦奔走，登高屢上仲宣樓。（秋屧）

荻花楓葉潯陽岸，何處琵琶動客情。有限華年銷錦瑟，無端哀怨譜新聲。生逢摇落愁難寫，彈到清商和不成。撩撥任人應自苦，幾回觸手作悲鳴。（秋弦）

畫屏光已灰銀燭，蕭館熒熒獨悄然。四壁蟲聲童欲睡，半江漁火客初眠。夜深難禁焚膏思，坐久恒生顧影憐。書罷新詞望窗外，碧梧桐院月如烟。（秋燈）

贛中詩社又以《秋閨怨》見徵，戲筆應之

夜來瓜果設中庭，拜罷天孫悄倚欞。最惱小姑不解事，邀儂同看女牛星。

秋雲片片薄于羅，三五良宵未易過。此夕月圓人獨缺，争教人不妒嫦娥。

銀漢西流欲曙天，深閨漏盡未成眠。不知秋夜長如許，玉尺量來恰似年。

男兒生性太豪華，到處流連到處家。莫説客邊秋菊淡，有人憔悴不如花。

九月登西山放歌

去年今日客京國，陶然亭上餐秋色。黄花碧醑供老饕，爛醉如泥行不得。今年此日走江西，西山絶頂任攀躋。西山之高與天齊，我來山頂山爲低。俯瞰鄱陽湖，遠挹西江水。我有萬斛愁，迸作波濤起。滕王亭子渺如烟，才人到此皆留連。子安一序便千古，人生遭遇良偶然。瓦釜如雷黄鍾弃，竈下中郎梅隱吏。天下不平儘如此，英雄得失猶餘事。仰天長嘯群山驚，亂雲突兀巉岩訇。瀰天噫氣無處泄，化作滿城風雨聲。一笑山靈舞，痛哭哀猿越。造化苦無意，孰能窮其妙。吁嗟乎，一年容易風又吹，飛鴻冥冥何所之。登山有人山不知，唏噓憑吊亦胡爲。不如痛飲茱萸酒，高卧山頭唱我詩。

奉調赴蘇州，舟次吴城，寄贛中同學

身似飄萍信水流，來時不速去難留。三千里外逢嘉會，二十天中是勝游（杜詩“連天走窮谷”，天可以做日用）。無限相思江月白，不堪回首帝京秋。凄凉莫話當年事，天寶宫人半白頭（舟中遇楊季子，亦大學舊友）。

游白下書肆，買書不遂，夜坐甚苦，詩以遣懷

獨有傖奴算，儀秦術莫施。不圖文未喪，翻欲貨居奇。吾道窮生吝，群書束亦宜。可憐風雨夕，枯坐剩痴思。

無術醫饞眼，窮思累瘦腸。琅環留夢到，石室爲誰藏。不獲連城寶，難回苦海航。孤燈吾負汝，中夜獨彷徨。

登雨花臺

國殤已死血殷石，豎子獨傳天雨花。亂嶺蜿蜒絶猿鳥，萬家烟火餘蟲沙。高臺不知白日老，大旗獨向秋風斜。金陵王氣在何處，秦淮簫鼓山樓笳。

懷江叔海師

章門風景客中過，薄宦生涯萍逐波。秋雁南來頻問字，大江東去有悲歌。敢望汾水公侯業，幸列尼山政事科。枯朽久沾時雨化，一簾春普萬家和。

兩番雨露荷滋濡，學治猶深製錦虞。與點已驚三子撰，傳薪直到小人須。從民好惡始仁政，歷代循良出大儒。天意若能回板蕩，治平之責在吾徒。

奚度青同學以感懷詩見示，依韵和之

（時同客金陵玄帝廟中）

秦淮河水咽殘秋，玄武祠堂枕斷流。慣見飛升走鷄犬，悔來參拜雜婆丘。斯人不出衆生苦，吾道非耶一孔憂。何日完成丹九轉，共携黄鶴步瓊樓。

乙卯于役東海題黄先生肖像

（先生工詩畫，爲邑名士，京中老友井文父）

是處隱君子，群推黄石公。清標絶流俗，高節并孤桐。世事窮將變，文章老愈工。幸隨圯上履，留迹畫圖中。

奉檄八卦洲捕蝻戲占

白布長圍捕跳蟲（時八卦洲局員洪振廷獻以布捕之法，先用長布釘竿，擇蘆中之伏蝻者圍之，然後砍去圈内之柴，跳蝻無所隱匿，萬夫齊撲，須臾立盡，或中留蘆柴少許，令其竄伏，以火油激燒，亦立盡），八千子弟合蘆中。一聲撲打群蝗盡，邏卒飛奔報首功。

六月同馮芾林諸先生游玄武湖紀事并簡

豐潤門前路，平湖漾碧林。亂蛙浮荇面，一鷺出潭心。秋水懷人遠，銅鈎注井深。暫來幽雅地，不必問升沈。

舟小輕于葉，身閑快似仙。目窮蔣山塔，風送秣陵烟。詩酒饒餘興，歡呼不問年。此間觴咏盛，未可讓前賢。

未醒浮生夢，飄飄尚此身。扁舟游澤國，尊酒奠湖神。近渚荷張蓋，遥岑草布茵。同來圖畫裏，懷抱頓清新。

林泉容嘯傲，鄉禮恕疏狂。勝景開饞眼，牢愁入醉腸。故園無此水，南國有斯堂。未減登樓興，高吟志不忘。

讀高潛子詩集

秋雨打窗急，夜讀潛子詩。其音哀以怨，此意人不知。落落家國感，茫茫身世悲。非借生花筆，何來絶妙辭。

我亦燕趙士，欲歌常苦喑。幸聆漸離築，難和伯牙琴。海内幾人鳳，坐中餘子禽。草廬自名士，出處關天心。

喜何孟適來

憶昔游京邸，緇塵上布衣。年來風景异，況復故人稀。國事真如弈，江流去不歸。相逢一尊酒，莫道素心違。

連日壺觴倒，人呼作酒狂。衣冠猶太古，萍梗共他鄉。種柳悲彭澤，采薇羨首陽。浮沉人海底，辜負盛時光。

重游東海呈黄先生（丙辰）

此邦山色太嶙峋，插入雲端幾萬春。起澗長松高百尺，擎天一柱重千鈞。不隨大陸沈滄海，特育奇才到隱淪。莫向蒼生休遠志，爲霖爲雨屬斯人。

鴻爪重尋海上緣，談驚四座快當前。慣來陳氏德星里，如入米家書畫船。滿架琳琅曾課子，斯翁矍鑠不殊仙。登堂再接汪洋度，羲獻豐神似去年。

贈陳俊甫（陳曾從事北京農場，伉爽善飲，家居灌園，宴如也）

朐山脚下有人家，投老東陵學種瓜。鑿石引渠澆白菜，燃松煮水試新茶。坐參雲氣知晴雨，閑酌村醪度歲華。畢竟田園有真樂，自憐足迹尚天涯。

和傅靜吾四十述懷原韵（傅時參白師長戎幕）

又到征塵到海城，華年始感二毛生。天涯重見人無恙，客里思歸夢易成。摇落也應憐宋玉，升沉未必繫君平。忙中近得偷閑趣，隨意看山不問名。

想見登高作賦時，萬軍昂首看臨池。本來介子籌邊略，草就修期露布詞。妙句驚人常恨少，功名傳後不嫌遲。如虹意氣君休沮，一曲陽春足色絲。

生有奇才百不求，浮名到眼笑羊頭。直從嶺雪探梅訊，休向帆風怨石尤。得句可爲千載壽，酌醪能滌滿腸愁。正當明遠參軍日，莫負嚴城幕府秋。

欲將孤憤著韓非，萬事傷心宿願違。十載征輪旋似夢，千絲愁緒理無機。臨朐山色連城瘦，薄宦生涯斗米肥。强對知音彈古調，焦桐敢詡世間稀。

登夾谷謁孔子廟堂

强弱相淩日，冠裳作會時。歷階存上國，揮刃却萊夷。成敗由人定，艱難只自知。祇今萬山谷，猶護聖人祠。

游西湖靈隱寺（戊午）

飛來峰不動，多少遠游人。妙諦迷愚衆，空山得早秋。石頑皆可佛，天小任昂頭。暮色催歸急，平湖一月鈎。

謁岳忠武墓

三字沉冤長寇氛，千年忠憤壓湖雲。中原今日方多事，主戰將軍可似君。

龍　井　寺

烟霞路轉勞躋攀，中有一寺群山環。呼朋搴莽尋古迹，忽逢奇境驚相看。飛泉涌出古井圮，群龍化作青琅玕。雲影玲瓏四圍碧，凉風習習生陰寒。老僧活火煮苦茗，爲我一滌煩心肝。自言此茶世所罕，金莖仙露同奇觀。山頭百畝少古本，明前擇取尤珍艱。詩人作戰那得此，旗槍徒自翻舌瀾。我聞此語啞然笑，虚名誤人解脱難。今日山中已無井，上人莫説群生頑。

孤山林處士墓

天地閉，賢人隱，吾儒入世宗悲憫。風雲龍虎會有時，胼手胝足皆可忍。隴畔不忘鴻鵠志，讀書猶起千年懔。人生天地貴不虚，純盜虚聲豈知本。不然昂藏七尺隨草腐，文章經濟一無補。湖角徒留半隴雲，國亡那復有净土。一人高蹈舉國狂，清談禍晋轍同覆。處士有知應頷我，合與山靈齊痛哭。如其無知我何語，一任嶺梅孕頑骨。

春　　秋

春秋一字挾風霜，斧鉞難誅百沸螗。垂棘遠來虞不臘，螯弧虚擲國之殤。北門已自通秦寇，南服何須問楚王。豈有是非明亂世，群龍血戰任玄黄。

舉國狂談鼎重輕，菟裘欲隱未分明。鄭門蛇鬥方多事，虢社神來亦足驚。兩大已難齊楚事，群雄狎主晋秦盟。可憐一統春王朔，付與星家紀太平。

野祭伊川已十年，宗臣無計遏戎遷。天邊已凛飛軍下，釜底猶思聚族眠。幾輩人材能破虜，無多謀略只争權。有窮後去雄風歇，誰挽强弓向日穿。

至奉賢調查米禁，同鄉畢馥老設帳于孟邑侯處，邀游言子祠，雨中折紅梅一枝，晚蒙贈酒，詩以謝之（己未）

細雨如絲静不喧，滿庭春色潤窗軒。故園無恙人千里，异地相逢酒一尊。驛使寄梅情獨厚，漢家貴粟論徒存。壺觴且拜先生賜，待溥醍醐萬彙恩。

高潛子爲定詩稿特柬

東野能鳴負盛時，十年私淑遇良師。檜曹得列詩三百，游夏真難贊一辭。小草處山爲遠志，仙人有著活枯棋。春風解重長安價，好事流傳半信疑。

二月聞雷

初布陽和第一聲，喜偕霖雨及時行。海天疑助群龍戰，坼地真教衆蟄驚。大化未能忘震虩，英雄直欲應飛鳴。愧無麟筆書雲物，話到休祥百感生。

齊震岩省長母氏魏太夫人八十壽詩

春逢天上八千年，瓊室欣開壽母筵。佳節正當司命醉（陰曆十二月廿三日），奇祥况值五星聯。本支百世慈暉永，兩浙三吴孝治先。江北江南齊忭舞，彩衣争欲獻堂前（時次公長浙）。

積厚流光曼福增，白山黑水毓材能。一門貴顯瞻慈蔭，八秩康强是壽徵。和藹宜如天不老，嘉平常應月之恒。幔亭試譜賓雲曲，笑撫孫枝起蟄繩。

君家昆季競循良，訓秉萱幃百政張。五載撫蘇如保赤，一時守郡盡歌黄。鄰皆洗甲兵能弭，境少呼庚歲不荒。萬衆蒙恩何所報，北望長祝壽無量（季公長天津縣）。

獻頌稱觴遍邇遐，長生籙啓擬仙家。瑶階桃熟歡無極，渤海樽開慶有加。鶴進廿籌成百歲，人全五福瑞中華。新詩願代登堂祝，春酒年年上碧霞。

重過漂母祠

瓦屋三椽俯岸東，靈旗拂拂欲回風。馨香豈只千金報，姓氏無聞异代崇。一飯見憐嗟世冷，幾人到此嘆途窮。年年奔走清淮道，又向藂祠駐玉驄。

齊省長六十壽詩（庚申）

敷政南都獨右文，九皋鶴下睨鷄群。曾張旗鼓稱留後，盡識英雄屬使君。六代風流歸攬挹，滿城春色恰平分。錦堂豈止天章錫，定有歌鐘紀特勛。

樓前花蕚及時開，南國棠陰次第栽。千里邦畿張驥足，一家吳越展鴻才。喜逢崧岳生申日，新自瑤池侍宴回。壽域同登人共羡，蕪詞聊欲續臺萊。

撫育蘇民保赤同，大江南北盡歌功。飛蝗欲滅邀梅雨，害馬能除譬草風。比户未聞庚癸諾，相公原是甲辰雄。更欣身繫安危局，絳灌交驩片語中。

節近花朝介壽觥，嵩呼已遍石頭城。陽春有脚群陰解，雨露無私百草榮。南極一星初告象，上林二月已聞鶯。韶華滿地靈椿健，甲子何須問智瓊。

過下邳憶陳琳墓（邳志墓所無徵。辛酉）

筆挾風雷一檄傳，建安餘子已如烟。諸侯放恣猶今日，詞客飄零似往年。蹊土一抔空想像，遺文千載動流連。飛卿徒起從軍志，書劍相過倍惘然。

紀文伯以詩見贈，依韵和之

酒市相逢互獻酬，傾杯且了百年憂。儒冠誤我謀同拙，詩膽兼人句易遒。自笑低頭輕草莽，未應移檄愧交游。與君同作他鄉客，爲戀湖山可暫留。

贈紀文伯

騷壇雄懾百王尊，一代文宗澤尚存。鼓吹六朝成別調，江河萬古快尋源。細流有幸分滄海（家嚴受學于君家印泉先生），小子能言托聖門。千里追陪酬夙願，更欣問字載芳樽。

李鷺賓同學以其夫人如蘭蛻狀見示，詩以唁之

珠闕紅銷百劫塵，恨天誰與訴前因。欲傾金露悲司馬，滿引椒漿奠洛神。鼉鼓萬聲將進酒，鶯花三月惜餘春。遥知騎省多情甚，擎鏡應傷白髮新。

侯府海棠

銀燭燒殘興轉幽，梁園賓客幾人留。可憐佳節逢三月，安得春陰遍九州。名士無憀如此樹，好花歷劫不知愁。管弦已減東山盛，猶有紅妝伴夜游。

題潜子詩集

名動公卿不在詩，文人妙筆偶爲之。國門已信難更字，宣室争傳有對辭。常侍燕歌矜絶調，少陵夔府寄哀思。石城風雨潜龍甲，佇聽春雷起蟄期。

洗净陳言壁壘新，錦囊有句必驚人。鑄成禹鼎窺魑魅，然出温犀走鬼神。風景每增滄海思，陰晴無定秣陵春。爬羅世變歸吟咏，彩筆還同史筆珍。

領袖群仙步大羅，霓裳咏處雜鳴珂。別抒綺思追長慶，偶遣離愁續短歌。月旦尚能徵板蕩，風騷應不廢江河。清詞一卷愁千叠，回首蓬瀛感舊多。

論交白下久忘形，載筆曾聆虎觀經。太學弦歌如夢幻，六朝景物半凋零。驚聞法曲尋天寶，試譜新聲冠岳靈。此是千秋名世業，不妨傳誦遍旗亭。

呈齊督并祝其封翁壽

金陵王氣未銷磨，攬轡澄清意若何。新見泥封函谷險，驚聞風起洞庭波。莫言天下無完土，猶幸江南有頌歌。着罷戎衣登衽席，龍韜得自鯉庭多。

南極光芒耀石頭，將軍仁孝冠群流。未須殊賞酬家令，早抱雄才似仲謀。丹桂齊芳翁矍鑠，大椿難計歲春秋。稱觴願逐南飛鶴，千里遥添海屋籌。

勘青家湖住褚蘭，贈王樸軒

睥睨千人獨不群，淵源家學衍河汾。奇才不共書生腐，高誼偏于濁世聞。小放筆花倖大令，别成詩格陋參軍。連宵風雨催歸急，纔賁邱園又别君。

湖　　中

陵谷由來有變遷，平湖百里宿人烟。愧無善政平虞芮，來踏輕塵看海田。蝸角偏同蠻觸鬥，鴻溝難割犬牙連。忍教青冢成疑案，駐馬湖中獨悵然。

壽朱漸逵道尹

大鵬翼拂渤海水，扶摇而上九萬里。摩霄俯瞰神州烟，藩籬鷃雀安知此。先生蓄志如鵬高，讀書萬卷稱人豪。黄金不渝季布諾，士無燕趙皆傾交。杖策過江佐章武，江左夷吾不足數。曾扇和風清厲灾，又參帷幄光尊俎。忽傳王氣黯金陵，將軍帳下春雷鳴。幕府山頭移節越，巡春五馬到彭城。徐海俗悍號難治，暴徒白晝剽人室。散民聚匪自昔然，難向昆崗分玉石。强豪凌弱事更奇，快意尋仇盡旄倪。魚漏反邀大府賞，沉冤萬劫官不知。使君爲政祛泰甚，平反冤獄稱精審。萑苻遠避鄭僑威，蒼鷹奮擊凡禽懔。政平訟理民物康，中天明鏡懸高堂。于變時雍此垂拱，别開政譜殊龔黄。居甘淡泊致寧静，詩酒流連消晝永。偶展窗紗看鶴飛，山城雪射松齋冷。壬戌嘉平癸亥春（是歲廿七立春，適值公誕），先生覽揆當令辰。綰符卧領十二郡，萬衆歡祝如雷殷。爲賦新詩佐春酒，循聲在口唯公有。伯玉知非安足論，擬踏雲龍伴耆叟。嗟余兩足類轉蓬，繞樹無依飛鵲同。

迴溪垂翅尚何道，徒羨健翮圖南風。

初夏偕程伯臧、陳蔭南、陳侶伊、倪公原夫婦及韵友數人同游懷遠塗山（丙寅）

裙屐翩躚訪翠微，脂香唾玉雜塵霏。同來小閣看零雨（時有微雨），扶上高崗共振衣。禹迹難尋狐九尾，山靈應羨鳳雙飛。不嫌春色匆匆去，一路榴花送客歸。

隨師北登泰山（戊辰）

偶閣軍書作壯游，青齊霸氣望中收。群峰似解迎人意，引我來登最上頭。

陳雪師母氏楊太夫人壽詩（庚午）

曾向萱幃獻壽章，慶逢八二又登堂。將軍破虜能萊舞，坐客騰歡盡觶揚。八皖遠邀慈母蔭，一廛欣托聖人氓（古韵庚、陽通用，《詩・小雅・瓠葉》首章，及《漢書・郊祀志》泰一祝詞，又《張衡傳》《思玄賦》中，皆其例也，他不具舉）。年年願上長春頌，記取梅開報小陽。

卜居（有序）

余權歷城之次年，夢爲人書扇有“故國此幽獨，新吟時滿堂。萬山排户緑，一柿向人黄”之句。醒以示同仁，莫有解者，交卸後，僑寓濟垣，卜居東城，寓有小樓，每開軒憑眺，則見群山環翠，院柿一株，時届秋九則黄赭迎人，其境與前詩適合，雖曰偶然，寧非前定，因足成之。

故國此幽獨，新吟時滿堂。萬山排户緑，一柿向人黄。尺地風雲壯，壺天日月長。卜居堪小隱，暫息夢塵忙。

過泰山六賢祠懷王鐵珊先生（壬申）

自别先生後，于今十二年。從軍書劍老，小隱市城偏。每憶文中席，深慚士稚鞭。斗山人望重，展拜倍流連。

四　哀　吟（并序）

時事多艱，知交淪喪，深宵追憶，輒用愴然，賦以長句寫我幽懷，泉下有知，共此嗚咽。

崔秘書監叔和（丙寅戰役，乘江永赴前方，至九江火起遇難）

中流擊楫蹙江湍，破曉驚聞一炬殘。真欲化龍横海去，可憐驛虎百身難。披裘未忍逃光武，遺檄空傳壓建安。慚愧五陵衣馬日，能迴青眼到孤寒。

張指揮楚石（戌①辰北伐，張任炮兵指揮，自戕于徐州）

生招人忌死招尤，虚擲頭顱直快仇。一自引刀隨李廣，更誰撫表痛桓侯。遺書過眼成泡影，憤血分斑上土丘。又到花時同醉日，山城忍泪憶前游。

鄧旅長允武（壬申，陷敵不屈死）

攬轡中原笑語親，北征遺迹付流塵。張儀有舌偏成累（好爲高論，被俘後以演説見害），南八捐軀事竟真。陵雨長侵三帥骨（君與王北屏、劉瑞清同時陷敵中被害，後未知瘞所），庭花不改六朝春。江南歌舞無今昔，辜負男兒百戰身。

楊大令仙洲（辛霍邱，未一月遇難）

鶏鶩相將入網羅，魂飛湯火恣貪魔。生前已覺栖難穩，死後無名悔更多。纍印誤人同錯鐵，横江有吏識風波（在安慶時，余曾勸以時事日非不必冒險求進）。若隨鴻鵠高飛去，雲海深深弋奈何。

十月杭州湖濱書所見

昨夜西風來，吹冷一湖水。緼袍難禦寒，游興鞭不起。况值國步艱，風景殊悲喜。偏有多情人，凌空訪西子。

---

① 戌，疑當作“戊”。

除夕理詩稿

除夕理詩稿，删詩如删草。詎無稂莠存，亦有蘭當道。一删良不忍，再删所餘少。割愛媚世俗，見幾苦不早。字字出肺腑，求全仍難保。留此不平鳴，聊以見懷抱。千載無知音，或許秋葉掃。

癸酉元日書懷（用一四二三相對格）

山河破碎不成春，啼鳥聲中歲又新。打虎山頭天未曉，風雲黯淡正愁人。每聞鼙鼓驚殘夢，幸托林泉息此身。三徑未荒差自喜，歸來長作義熙民。

陳氏周鼎歌（有序）

濰縣陳氏昔有毛公鼎，名重天下，後歸匋齋尚書，復質于匯豐行中，海内聞士屢有醵金代贖之議。今其同宗仲明寓濟垣東關，又以舊藏古鼎拓片見示，因往觀之。高約三尺，巨耳圜足，古色斑然，文四字，在其腹内，曰：叔作寶鼎。雖未足方毛鼎，然考質、觀色、辨篆、聞聲，知近周制，非贗品也，因作長歌紀之。

昔有寶鼎作自毛，誰其藏者陳與匋。黄金有價絕呵護，輦陳鮫市神靈號。忽聞陳氏鼎又出，轟傳稷下聲喧嘈。余生雖晚頗好古，按圖索驥馳東皋。主人肅客入廳廟（鼎藏其家祠内），神物觸眼心爲惱。方耳上聳腹垂下，雲雷起伏生風濤。蛟龍蟠膝若割劚，三足儼峙孫劉曹。土花上體作碧色，光采奕奕終難韜。捫腰印手古篆少，年月不紀徒爬搔。小扣不鳴大扣應，黄鍾作響殊匏鞉。疑是遷洛九之一，豈與齊甗爭釐毫。當年大烹養賢士，首山鼓鑄銘勳勞。不然周室大合會，諸侯蒲伏塗騂旄。左鐘右鏞供列食，明堂垂拱何其豪。中興之治忽焉没，隨時隱見權可操。自有重輕繫舉足，誰能俯仰同桔槔。地下埋没幾千載，曾見石鼓羅蓬蒿。一朝出世衣貌古，市人珍若球與刀。璆然竦立東壁下，坐看寶氣冲天高。魑魅逡巡罔兩走，陸沈幸未隨夷艘。我今觀罷語陳子，保之慎勿輕弁髦。愧無昌黎大手筆，形摹古物留風騷。

二月二日效玉谿體

二月二日城上行，春城處處聞啼鶯。和風麗日偶相值，近水遠山皆有情。十里平湖新柳外，誰家樓閣綉簾横。美人正憶遼西夢，枕上猶餘殺敵聲。

春　游

是處湖山好，春來景更奢。清明一夜雨，桃李滿城花。林媚藏鶯語，雲嬌露鵲華。樂游忘魏晋，便欲老烟霞。

觀滕縣古物歌（并序）

癸酉春，滕縣農民掘土得銅鼎盤匜敦鬲等件，經省府派圖書館長王獻唐往視，運回陳列。余同友人往觀，館員指示敦底有字似“孟及子孫永寶用”等形。又鼎内尚有魚骨化石，鼎足席紋亦隱約可見，定爲東周時物。古色斑斕，羅列一室，士女傾城往觀，若不知滄桑之感者，因爲長歌紀之。

長城萬里殷胡笳，飛機軋軋如群鴉。國人誓守古禹迹，奮起肉搏存中華。轉戰一月鼓聲死，天崩地摧民咨嗟。會見銅駝走荆棘，不獨周鼎淪天涯。我居稷下在草莽，斧柯未假山徒遮。幸際魯政整且暇，滕縣古物勞搜爬。地不愛寶器車出，光生犧尊輝龍蛇。壺罍盤匜鼎彝敦，仿佛九寶羅一家。綉衣凝碧形古樸，其聲幽悶殊銅琶。黄鍾大吕久毁弃，明堂朝饗時已遐。子孫寶用竟無主，萬年猶是孟則差。鼎有魚骨尚未撤，席紋印足横復斜。我今一觀三嘆息，釜中游泳同鰭鯊。何人抱器瘞之土，滄桑幾見期代瓜。一朝齊集濟水上，定有太史書祥嘉。慨自掘藏膺懋賞，摸金校尉多于麻。金錐慣入帝王冢，千年骷髏鑿齒牙。天球河圖森左右，健兒身手恣紛拿。載獻當道鬻高爵，白晝横行提鏌鋣。其次懷寶求善賈，愷崇坐享珊瑚奢。小儒張口驚未見，大盜不止其天邪。何如此自耕夫得，置之古館殊官衙。古香滿室任人挹，山城士女紛喧嘩。明湖水膩勝溱洧，游人笑語驚桃花。一時重見太平象，那知塞外眠蟲沙。

癸酉夏，校理家君詩集恭題二律

(家君時年八十有八，鄉舉重逢)

敢詡良弓得善箕，靈椿垂蔭覆芳枝。趨庭今已隨鄉飲，伏案還欣讀父詩。萬紙抄書殊洛下，一堂檢韵似兒時。阿宣自喜工文學，能續陶家歸去辭。

欃槍不掩壽星明，一老偏宜季世生。龍戰幾經人問鼎，鹿鳴又聽客吹笙。詩成變徵追風雅，天假高年望太平。更繼盛名同洛社，坐看兒輩附耆英（洛陽耆英會，司馬温公年最少，以六十四歲列入，家兄秀含年近花甲，故云）。

史光簡：紅椒園試帖

序　　言

試帖猶時文，其體屢變者也。近科館閣及鄉會墨詩以工切争勝，詁題屬對巧過前人而氣體弱矣。吾師以先輩之才學，用時賢之法律，爲《紅椒園試帖》。予携赴都門，見者争欲得之，爰付梓人以公同好。吾師著述頗富，所以問世者固不在此也。

受業董式愈謹叙

莫若先孝弟

綱紀縝紛列，無如孝弟先。一家遵漢詔，三樂説鄒賢。儀欲鷄鳴懍，情惟雁序聯。每懷嬀帝慕，常著祖生鞭。束晳蘭陔句，姬公棣鄂篇。請量長短度，試較重輕權。縞紵雖嘉貺，鐘琴亦後緣。叙倫推盛世，敦篤遍垓埏。

老子猶龍

品在雲霄上，飛騰迥不猶。吾師曾鳳比，此老宛龍游。豈待雙睛點，惟將片爪留。神奇時露角，瞻仰一昂頭。柱下銀編舊，函關紫氣浮。胸懷藏道德，風雨閱殷周。綉虎休摹擬，祥麟信匹儔。憑依如得所，嘘氣滿齊州。

此老離奇甚，如龍孰與儔。果然通變化，漫説等夷猶。片爪曾窺否，全神偶現不。頻勞關尹望，未許葉公求。嘘氣三千界，成雲十二州。風雷能化鯉，獱獺笑騎牛。迹比彲占吕，形殊蝶化周。五千言不朽，道德勵清修。

鶯梭織柳

楊柳依依處，傳來斷續歌。雙雙疑燕翦，一一織鶯梭。并坐抛如此，連番擲若何。綫能風裏整，絲是雨中多。公子諳縑素，東君愛綺羅。蓉裳應集汝，蘭佩亦紉伦。霧鎖烟花界，雲裁錦綉窠。願同阿閣鳳，翻覹沐恩波。

促織鳴

欲促寒閨織，悠悠韵倍清。露凉隨鶴警，宵冷續蟬鳴。塞外驚秋早，碪邊咽月明。似催機札札，來伴杼聲聲。門草休關念，看花莫約卿。憑將蘇蕙意，訴出木蘭情。葛怯含風軟，羅嗤叠雪輕。授衣周萬户，温郁樂升平。

瓶笙

領略煎茶韵，洋洋耳共傾。雅懷推内翰，佳咏記瓶笙。罄莫爲罍耻，吹疑鼓瑟清。宫商無俗調，水火譜新聲。滿座聞天籟，餘音觸客情。不須金管奏，絶勝玉簫鳴。響訝三霄迴，風欣兩腋生。何曾煩擊缽，得句補由庚。

繩河

豈是河如帶，依然墨引繩。一條銀漢迴，萬里碧波澄。白練横千尺，紅墻隔幾層。直原絲可比，挽恐力難勝。秋曉明焉否，皇初結亦曾。誰將深淺界，繫此短長絙。劃破雲三面，遮來月半棱。臣心從木切，綸綍共欽承。

十日一雨

一年三十六，十日詎愆期。雨自依旬降，風還入夜隨。滴階添淅瀝，晝水助淋漓。僂指工縑素，從頭數畢箕。秧泥沾滑滑，花信笑遲遲。算與天千合，終將地數宜。休祥良史紀，次第老農知。聖世甘霖足，濃恩喜及時。

漁歌月裏聞

釣罷江村晚，漁家酒正醺。歌因雙棹放，曲想半空聞。寶鏡光初上，寒潭火尚紛。水連天一色，人倚月三分。有興偏工笛，無風易遏雲。鴻音餘碧落，鶴影下蒼雯。早静銀河浪，全消玉宇氛。烟波凉入曉，清夢破鷗群。

刻燭催詩

滿座談鋒息，俄驚逸興來。豈虞詩不就，特遣燭相催。光末三條盡，燒看一寸纔。垂垂燈蕊艷，瓣瓣筆花開。前夕金蓮徹，今宵錦字裁。心如争得失，足不住徘徊。客有探驪句，人高倚馬才。幸邀天賞鑒，珍重到蘭臺。

焦尾琴

棐几琴雖古，稱名尾尚焦。材原經蔡賞，火似訝秦燒。浩劫逢前日，婪杯伴此朝。掉來非末大，撫已謝烟飄。雷雨欣騰鯉，箏琶莫續貂。塵揮聞一曲，鴻送到層霄。皃掌形偏肖，龍唇趣倍饒。愔愔欽帝德，雅樂奏咸韶。

搜岩采幹

久鬱深山裏，名材迥不凡。一朝蒙采幹，百遍費搜岩。古木霜頻飽，幽崖日未銜。披開雲漠漠，踏遍石巉巉。蘭早同心契，榛應信手芟。繁林收杞梓，大匠重松杉。烟水辭邱壑，風雷際扆咸。作人歌棫樸，聖世取求嚴。

鼠 鬚 筆

祇道無牙物，誰知尚有鬚。名堪麟筆共，製與兔毫俱。透紙揮雙管，穿墉悟一隅。飲宜臨墨沼，捻恰對詩癯。相體同工蔡，掀髯又快蘇。如錐先脱穎，似戟久摩須。魚網張求密，蠅頭寫不誣。待成蘭渚帖，异代許規摹。

柳 丝

楊柳依依處，春風裊綠絲。牽來蒓可并，抽與藕相宜。斷續雲千縷，攲斜翠幾枝。織鶯深院落，繫馬舊臺池。堤外籠烟雨，閑中綰別離。乍疑黃絹妙，却是碧絲垂。青眼憑人顧，芳心祇自知。經綸敷盛世，宸賞本無私。

山川出雲

吐出山川氣，長空釀作雲。地靈通欲活，天色杳難分。半雜岩間霧，全遮水上紋。遥峰迷指點，大海望氤氲。白照千尋徹，青排萬叠紛。層陰含宿雨，五色焕新雯。紀瑞官徵象，登臺史望氛。更宜歌糺縵，咸仰聖仁君。

嚴子陵被羊裘釣大澤中

客星何隱隱，六月尚披裘。抱節峰千尺，垂竿月半鈎。夢應寒水面，春不到灘頭。深澗松風逼，空江笠影浮。波濤雙袖雪，天地一襟秋。帝服施華雉，吾心寄白鷗。任他頻奉幣，高我未封侯。萬古蕭蕭意，蒼烟鎖釣舟。

循墻而走

孔鼎銘彝訓，循墻寄古蹤。幾傳祥始發，三命懔彌恭。舉步皆規矩，捫懷想肅雍。有時工傴僂，終是傍垣墉。桑憶柔條拂，苔難仄徑封。巡檐聲橐橐，納履迹重重。似乃形偏肖，如山立有容。更聞絲竹奏，餘韵響丁冬。

美人蕉

冷燭生烟後，蘭窗展碧蕉。鐵疑羅漢化，態是美人嬌。好夢醒花眼，前身問柳腰。丁香容易結，國色最難描。手未纖纖露，蓮看步步摇。驚心紅雨散，笑指緑天遥。舞榭妝樓地，雲封霧鎖朝。更堪風裏聽，簾外響蕭蕭。

荷　錢

荷葉浮清沼，荷風漾碧漣。乍看張翠蓋，疑是叠青錢。縹緲江心鑄，輕盈水面穿。真堪泉府貯，并用藕絲纏。露到珠盤碎，文疑緑字鎸。前溪投處幻，明月買來圓。榆莢三春雨，苔痕滿壁烟。何如摇畫槳，歌好唱田田。

小樓一夜聽春雨

料峭東風裏，瀟瀟灑最匀。好將深夜雨，來伴小樓人。寒入珠簾薄，聲隨玉漏頻。挑燈眠不穩，倚枕夢無困。閣上停針悄，窗前得句新。雲堆三徑暗，花發一園春。曉樹籠輕霧，天街壓軟塵。枝頭紅杏濕，準擬賣芳辰。

日長如小年

盛世乾坤别，熙朝歲月長。小年添逸興，永晝足晴光。駒隙輝生白，烏踆道歷黄。人皆忘漢魏，世即是羲皇。花影留深院，苔階駐夕陽。如同三舍返，豈僅八磚量。繫日情常切，揮戈願已償。共欣游化國，瞻就遍遐方。

十二欄杆外，頻將日影量。不同春晝永，惟似小年長。歲月壺中別，山川畫裏望。此身忘魏晋，問世即羲皇。漏箭聽宜屢，曦輪轉不忙。窗晴人倦綉，簾静篆飄香。蝶未醒殘夢，蟬猶噪夕陽。恬熙游聖代，悠久頌無疆。

舊學商量加邃密

載籍多精義，工夫悔未加。何時能邃密，端在抉菁華。自有新機引，翻疑舊學差。知君情最篤，與我願同奢。螢案欣光照，鷄窗任月斜。融如金在冶，琢到玉無瑕。久欲游仁宅，相期至聖涯。孜孜勤念典，薄海頌休嘉。

素月流輝

一片溶溶月，花階影欲流。清輝千里共，素彩半空浮。雲漢星邊映，山河鏡裏收。露將沾翠幕，人尚倚紅樓。四面金波漾，中央玉照留。裴裒梧砌濕，徙倚桂輪秋。客住琉璃界，光連翡翠鈎。宵凉真似水，緩步到溪頭。

雁　字

共訝飛鴻戲，書空迹最真。分明横乙乙，倏爾幻人人。筆陣千軍掃，烟痕一抹匀。荻洲宜畫鐵，沙岸悟鈎銀。風送回文緊，霞烘錦字新。關山工寫怨，形影瘦通神。依水題紅葉，臨池賦白蘋。倘隨鵷鷺序，染翰侍楓宸。

深樹雲來鳥不知

飛入忘機地，山深樹更深。鳥栖如有意，雲出亦無心。静裏藏紅日，閑中愛緑陰。那知烟漠漠，不礙霧沈沈。任我流佳韵，憑人羡好音。客難雙屐覓，徑少片塵侵。悦性苔三面，怡情翠一林。欣逢鳴盛世，五色瑞光臨。

汲古得修綆

八代狂瀾挽，昌黎費校讎。古因深可汲，綆以引彌修。真本河間購，奇情海録收。大川原易障，朽索恐難投。功欲千尋積，長非一綫留。轆轤須宛轉，簡册任探求。秩秩詞條續，頻頻意緒抽。盛朝羅四庫，仔細辨源流。

土美養禾

帝澤深如此，人材蔚若何。譬諸生沃土，乃得植嘉禾。上界情田美，神州福地多。花迎晴日吐，穗仗濕烟拖。滋長原因我，栽培亦藉他。烏粳新雨露，黄壤舊山河。鄗裏傳猶昔，菑畬訓未磨。育才超漢代，多士咏菁莪。

干章夏木清

到此清凉界，參差樹幾行。向榮當九夏，擢秀蔚干章。密尚藏朝霧，深難透夕陽。始知塵可辟，并覺暑全忘。繁影臨池漾，濃陰滴翠香。穿林無熱客，隔岸有垂楊。春雨桃分碧，秋風橘染黄。何如薰曲奏，解愠暢群芳。

腹　稿

撫腹旋成稿，天才獨讓王。文情推四杰，詩膽壯三唐。浣胃層瀾闊，羅胸列宿張。果曾餐雜俎，坦亦卧繩床。手筆懷中握，心花夢裏香。吐來真綉口，搜定异枯腸。經笥探彌出，詞源引更長。帝廷今獻賦，得句咏霓裳。

槐夏午陰清

暑氣飛難到，槐陰爾許清。森嚴當卓午，晃朗趁新晴。戴笠詩初就，眠琴夢已成。緑鋪千影碎，紅雜半窗明。啼鳥應知倦，吟蟬欲罷聲。無塵宜躡屐，隔座但敲枰。蔭自幽庭護，凉從夾道生。栽培仁聖世，萬彙荷滋榮。

窗中列遠岫

擁出床前岫，詩中更畫中。似眉宜列遠，如髻直盤空。幅幅螺紋數，層層鳥道通。烟迷千嶂緑，樹隱半山紅。排闥光全入，開軒霧尚籠。送青來户牖，分翠到簾櫳。遥嶺飛雲出，閑階得句工。林巒停蹕處，拜舞欲呼嵩。

麥秋至

昨夜輕花落，芳郊瑞麥稠。西成疑欲報，北里慶同收。説餅香猶冷，因風浪尚浮。時應寒暖共，人并笠蓑謀。畦捲雲千頃，鐮磨月一鈎。熟來宜九夏，種本自三秋。晨潤侵簾額，新凉逼陌頭。雙岐呈聖世，擊壤聽歌謳。

登瀛洲

回首烟波緲，瀛洲快此登。果然修得到，宛爾晝能升。樓閣凌千仞，雲霞踏幾層。不愁風輒引，自與日同升。放眼乾坤闊，昂頭氣象增。五銖衣縹緲，三島石崚嶒。環珮皆新侶，塵凡憶舊朋。玉堂高咏處，一笑對鵾鵬。

鶯笙

春樹濛濛裏，關關欲奏笙。漫疑蘋食鹿，却是木遷鶯。恰與升歌合，何妨曉夢驚。問時逢小卯，傳響葉由庚。蛙鼓喧三面，蟬琴和幾聲。依稀鵝管應，仿佛鳳簫鳴。解助嘉賓宴，忻將雅樂賡。願同鸞鷟侶，舜陛聽韶莖。

艾人

久擅冰臺號，濃青染最匀。衹緣呼艾艾，宛爾肖人人。豈必求三歲，何妨化萬身。紅添桃頰暈，翠寫柳眉新。苔髮應梳雨，蓮心肯惹塵。惟宜遮杏臉，也許點櫻唇。花亦榴裙妒，針將蕙帶紉。若還逢木偶，定欲結芳鄰。

開簾見新月

忽見蘭窗上，餘霞落日纔。因知新月出，恰趁綉簾開。緩緩抬秋水，重重踏嫩苔。魚驚池面去，燕誤燭光來。慧眼迎偏近，纖眉畫欲催。誰家銀蒜冷，到處玉鈎猜。河漢中央直，星躔北斗陪。待逢三五夜，延賞遍樓臺。

來　其

妙製誰傳出，淮南術最奇。從今能化腐，憶昔賞然萁。大塊胚渾象，熙朝樸素姿。雪花湯沸急，瓊液磨流遲。鸞聽金刀割，蟾來瓦缶窺。無瑕塵外賞，有味個中知。粔籹供騷客，餦餭入楚詞。何如冲淡者，品格自温其。

秋色從西來

爽氣來何處，明明至自西。路非勞問訊，秋自有端倪。色相先秦晋，風光接魯齊。望如良友切，佇到夕陽低。曾否停雙屐，因之度一溪。行蹤紅蓼岸，淡影緑楊堤。華岳霜飛雁，函關月唱鷄。無須愁紫翠，轉眼又鶯啼。

秋色藏何處，蓮花尚滿溪。忽從殘暑外，來自大荒西。葉未飄桐院，人先望柳堤。陽關頻指點，雪嶺説端倪。疾似風千里，凉生月半圭。蘋洲聞雁度，蓼岸亦蛩啼。翦燭前窗話，掀簾暮雨迷。獻圖欣益地，聖澤錫鸞綈。

秋光先到野人家

惟有田家樂，秋光爾許新。豆花塵外物，笠影畫中人。霧鎖霞烘地，烟疏雨歇辰。似憐山野趣，不戀綺羅身。夕照明紅蓼，凉痕到白蘋。多情來北陌，問俗憶西豳。客欲消炎熱，天猶愛樸真。從知韓相國，晚節倍精神。

還家萬里夢

萬里離家客，惟容夢裏還。始知眠一枕，不慮隔千山。境幻原非幻，身閑似未閑。兒童疑笑問，骨肉説鄉關。蝶繞花三徑，鶯啼月一彎。醒來芳草外，猶戀白雲間。易惹吟情遠，難將別恨删。清宵惆悵久，何日唱刀環。

鶯　梭

欲見鶯藏處，深深柳擲梭。投隨音上下，穿任影婆娑。慣住烟花界，常依錦綉窠。經綸紛若此，組織妙如何。細雨抛絲縷，春風選綺羅。調笙鸞共和，試翦燕頻過。宛轉金衣拂，迴環弱綫拖。携柑誰往聽，餘韵滿庭柯。

吴季子挂劍

一劍酬知己，高風近有無。交原慷慨重，志不死生殊。秋水痕猶在，荒邱草遍鋪。憑將三尺影，聊慰片魂孤。地下君應認，枝頭我自扶。松楸啼鬼母，星月冷風胡。舊雨思公子，新盟訂大夫。更同投縞紵，雅誼説勾吴。

梅聘海棠

燒燭看棠睡，誰憐解語花。敬將高士幣，送到美人家。清品香于雪，紅情艷若霞。東君傳信息，南國慕風華。橘婢寒難媵，桃奴喜倍加。一枝金屋貯，雙美玉堂誇。聘憶榆錢費，牽時柳綫斜。更聞鄰嫁杏，一笑對窗紗。

小時不識月

不識當頭月，經今有幾年。尚留清影在，曾記小時圓。舊夢疑非我，痴情欲到天。褎裒丹桂外，指點白雲邊。掬手仍沈水，吞胸却在淵。莫窺真色相，聞説是嬋娟。往事成新語，前身遠俗緣。頻看光皎潔，對此覺惺然。

春風偷染墨胭脂

塗改胭脂色，春風染杏花。衹緣工潑墨，莫認是烘霞。黑欲林間守，紅偏紙上遮。模糊難辨贋，爛漫笑塗鴉。妙境無人覺，甜鄉有夢加。珊瑚休并列，玳瑁擬同誇。意外添佳趣，閑中展畫叉。東君真巧絶，頃刻吐奇葩。

二月春風似翦刀

快似并州翦，春風習習來。封姨今試巧，少女妙知裁。花外舒紅錦，階前綉緑苔。化工原不拙，造物本多材。輕捲霞千片，濃裝翠一堆。雲裳飄綺麗，柳綫揚樓臺。勢比鴻毛順，斜疑燕尾開。乘時申巽命，萬彙荷栽培。

棋聲花院閉

閉却千花院，幽閑自賭棋。有聲推韵事，無客擾清思。碧蘚成茵地，紅霞散綺時。一枰欣伴我，三徑踏憑誰。局外柯應爛，香中晷未移。仙家原不寂，塵世莫相疑。逸響風敲竹，餘音鳥借枝。聖恩周萬夏，庶彙效傾葵。

院宇深深閉，山家爾許清。香中忘俗慮，世外但棋聲。花影紅三徑，蕉天緑一枰。賭來人語静，彈趁篆烟輕。座有風敲竹，扉無客叩荆。緋霞雙袖映，絳雪半窗明。柯爛年俱古，枝間鳥不驚。御園仙卉滿，宸賞喜葵傾。

但有棋聲裊，難窺院裏花。閉扉情自逸，賭墅興偏賒。韵繞參猿地，音流乳鴿家。嫣紅三徑映，嫩緑半簾遮。檻外風敲竹，窗前絳染紗。階庭香不斷，主客静無嘩。鳥散枰猶響，人閑日未斜。舒長游化宇，玉燭紀年華。

歲寒三友

豈願群芳歇，無如歲既殫。惟餘三徑友，耐此一冬寒。澗底松猶茂，淇泉竹尚攢。梅花同笑傲，蘭臭結忻歡。交許忘形訂，杯邀對影看。任他霜懔懔，賞我雪漫漫。天重孤標久，人留碩果難。五臣升舜陛，和煦滿朝端。

開徑望三益

幽徑無人到，荒凉盡緑苔。衹緣三益集，今欲一朝開。花掃紅成陣，茅誅翠作堆。知他頻悵望，勞我幾徘徊。檢點裁新句，安排醉舊醅。正疑芳躅遠，果送好音來。座外松梅古，窗前直諒陪。何須誇十友，晝接有清才。

長劍倚天外

此劍何人鑄，横腰爾許長。倚天誇宋玉，斫地笑王郎。自蓄霜鋒鋭，休教玉尺量。磨宜河漢水，舞觸鬥牛芒。能引星辰色，常依日月光。威真通四極，氣亦貫中央。月斧修堪擬，風斤運并良。笑他歐冶子，對此覺茫茫。

風　門

絶少紅塵撲，深堂護幾重。門材宜萬户，風信遞三冬。鳳字題誰敢，鴻毛順屢逢。階前霜葉滿，窗外雪花濃。剥啄來詩客，飄蕭入古松。寒疑晴晝減，人在綉簾慵。鐵馬懸華屋，銅鳥映翠峰。共欣游化宇，四闢樂堯封。

老驥伏櫪

老驥能千里，緣何伏櫪吟。半生勞戰伐，一旱誤光陰。髀肉生應久，苔花卧轉深。自憐餘瘦骨，人嘆失雄心。古塞經霜雪，酸嘶感古今。敢嫌餐苜蓿，袛藉養胸襟。問歲頻加齒，論功未勒岑。會當逢伯樂，四牡駕騤騤。

秋　蟲

秋聲何處覓，四壁但吟蟲。唧唧悲凉露，蕭蕭訴晚風。墻陰荒薜荔，階畔咽梧桐。伴我凄凉慣，嗤伊唱嘆工。似憐閨月白，偏近客燈紅。冷韵塵凡外，孤懷感慨中。縱教依碧蘚，未肯入金籠。高咏廬陵賦，餘音徹太空。

士伸知己

慷慨論知己，天涯有幾人。奇才多不偶，壯志每求伸。匣劍韜光久，淵珠照水頻。一朝蒙賞職，聯步出風塵。鴻響空霄羽，魚蘇涸轍鱗。寸心今契合，大海謝沈淪。品自圭璋重，言都肺腑真。闢門逢聖世，黻佩侍楓宸。

秧　針

綺陌新秧發，如針插欲齊。青纔抽嫩葉，緑半上柔荑。柳綫縈千頃，萍花綉一溪。珠垂穿曉露，鋒鋭透香泥。引石堅難入，敲鈎細易迷。徐看鴛已度，不住馬頻嘶。歌唱斜陽外，停疑畫閣西。從知甘澤溥，滋長遍芳畦。

夏雲多奇峰

卓卓雲峰涌，長空忽訝奇。分明蒸變化，倏爾列嶔崎。萬叠魚鱗簇，千盤鳥道危。插天真突兀，拔地任參差。徑闢三三仄，屏開六六宜。飛來剛此日，削出是何時。烟裏看濃淡，風前認合離。帝庭歌糺縵，揚拜如皋夔。

德　星　聚

璧合珠聯夜，荀陳聚一庭。人間能種德，天上忽垂星。萬丈光芒大，群賢姓字馨。窗紅燈吐焰，室白月穿櫺。高閣凌雲漢，華筵重典型。天官頻指點，太史亦心銘。耀彩霄分紫，呈祥簡記青。何如仁壽世，炳蔚焕堯廷。

冬山如睡

山態如人態，何妨畫睡容。半醒吟古石，一卧耐嚴冬。晝倦緣霜重，嵐高任雪封。翠屏收錦綉，玉帳冷芙蓉。柳凍眠猶早，梅舒夢正慵。枕邊雲幾幅，身外霧千重。每傍寒林月，時聞古寺鐘。待逢春色麗，淡冶對諸峰。

興廉舉孝

修士興當急，幽人舉亦先。其家生孝笋，之子號廉泉。井李嗤三咽，陔蘭補幾篇。五惇欽古訓，六計本陳編。至性鶏鳴懔，貪心狗苟捐。儀稱金燧備，冰説玉壺堅。司馬三升日，元龜再卜年。旁求兼鼓舞，聖世正須賢。

夏雨生衆緑

衆緑紛如此，都從夏雨生。新機看麥秀，宿潤助花明。林外收朝霧，雲端漏午晴。螺盤濃淡抹，鴨漲淺深平。渭北青垂柳，湘南碧染蘅。濕烟衝白鷺，酣色足黄鶯。天倒拖藍影，人游潑翠城。聖躬虔禱後，沾渥慰皇情。

的《退思閣詩集》和史光簡的《紅椒園試帖》。因教學一綫工作繁忙，詩稿整理只能利用課餘時間。平時一人住在農村的老家，只有周末才回到縣城的家裏。農村老家没有電腦，晚上只能把字用拼音一字一句地打在手機上保存下來。遇到問題的時候，就利用我們團隊“永森夜話”（每周末，我們團隊幾人聚集在一起，對抄録整理過程中遇到的問題利用集體力量集中解决，由吕永森主持，故稱“永森夜話”）沙龍時間提出來集體解决。周末回到縣城家裏以後，再充分利用這兩天的休息時間整理詩集，把保存在手機裏的詩詞傳到電腦上，再對照電子原版進行校對，發現問題及時更正。有時任務過多，就請妻子幫忙校對，經過兩年不間斷的工作，整理完成了《退思閣詩集》等詩集，共有七萬多字，其所經歷的挫折、辛苦、快樂是無法用語言表述的。

在《歷代獻縣詩鈔》即將付梓之際，對在整理過程中給予我幫助的尹屯中心校校長孫培文及我的妻子趙永平，謹致感謝。由于自己學識淺陋，錯誤在所難免，望廣大同仁給予批評斧正。

張紀岩

二〇一七年五月二十八日

後　記

這套詩鈔的整理始于二〇一二年，目的是通過歷史文獻的整理使更多的人了解認識獻縣悠久的歷史文化，增强文化自信，同時爲區域文化的研究與構建提供豐富的歷史資料。

獻縣是河北文化大縣，保留下來的詩詞類文獻衆多，但在各個時期的志書中只著録簡單的書目，因此我們首先要解决的問題是確認詩集的存佚，收藏地在哪，以及搜集散藏于民間没有文獻記載的詩集。

二〇一四年夏，我們一行五人去國家圖書館抄録有關獻縣的詩集。在抄録整理過程中，我們白天分工抄録，中間不休息，没有交談的機會，偶爾遇到問題才有簡單的幾句，晚上回到簡陋的賓館，五人一改白日的沉默，海闊天空，暢談獻縣文化，直到深夜還餘興未盡。圖書館（全國各地）的工作基本結束後，我們開始走進民間，拜訪歷史上的科舉家族後裔，凡是史上留下的史料我們都不輕易放過，以檢索出有價值的資訊。就這樣，經過幾年的努力，搜集了大量歷史資料。

爲了提高速度和效率，我們分工協作，我負責整理史汝箴